話說從前

李榮炎·著

作者攝於台中聖壽宮　1996

與兒子雲飛（左）攝於馬祖北竿龜島　2004

孫兒易儒、孫女立璿、作者、孫女立芝攝於母校信宜一中　2005

左四白屋為作者老家住屋　2005

話說從前

卷首語

這是個人著作出版的第九本書，離上一本恰五年。本書內分三輯，加上一個附錄，收文共五十八篇。

第一輯：〈話說從前〉，是一篇記敘文的題目，是輯名也是書名。本輯收文十一篇，第一、二篇的內容皆是敘寫中興大學校長的種種，兩個校長都是博士專家，都是由中央的部會首長下派。前者任了九年，到了依法必須退職時離校，建樹之多，使興大脫胎換骨；後者到任不到兩年，即鬧出辭職風波事件，雖延到三年掛冠，然其事之離奇怪誕，不足與外人道。當事者有幸與不幸，亦即學校與社會之有幸與不幸。重讀不勝歎惋。

〈考事憶往〉與〈獎事憶往〉，是追敘我幾次參加檢考、高考及家中成員公職考試就業情形。個人愛好塗鴉，經歷了不少的徵文競逐，幸有收穫，不次受獎，皆是許多辛勞努力始獲的小小成果，得來不易，格外珍惜。

第二輯：〈讀閱拾掇〉，也是其中一篇的題目，本輯收文十篇。它排位第七，述寫鄭振鐸於一九三二年在北平出版他四大本六十四章的《插圖中國文學史》。讀該著一遍，文字洗鍊，行文婉麗，描繪生動，敘述詳審，語彙廣博，考證細密，感情真摯豐富，評旦中肯客觀，真是個大學問家。巴金的《隨想錄》，楊絳的《我們仨》兩書中都曾述及。

二〇〇〇年諾貝爾文學獎頒給華人高行健，他以《一個人的聖經》及《靈山》二書獲獎。我對高行健一無所知，但他是百年來中國文學揚名吐氣的第一人，無限的與有榮焉。急購其細讀，若說其可與《水滸傳》、《西遊記》比論，寔是高舉。

第三輯：〈生活素描〉，描繪生活的點點滴滴，收文三十篇。開首的四篇：〈三峽行〉、〈梨山行〉、〈金門行〉、〈馬祖行〉，一方面是遊記，另方面則為重返故園舊地，時興今昔滄桑之感。

〈寸陰是競〉、〈善用晚年〉、〈最好的禮物〉，文短情長，是個人的生活踐履，亦頗可為年輕人的借鏡。筆者耄耋之年，自強不息，無時或已，嘗以此自勵。

第四輯：〈附錄〉，計有〈虞美人〉、〈庚星煥彩，松柏回春〉等長短不同的七首詞、詩與報導記述，謬獎溢譽，慚怍難已。

作者郭琨先生，是我的直屬長官，民國四十七年（一九五八）金門「八二三」之役，他是營長，我是營的輔導長，二人住山后獅山的小碉堡，兩床首尾挨接，肝膽相照，生死與共。

一九八〇年台海戰役二十二週年，我寫了一篇近萬字的〈光輝的八二三〉詳記其事，刊滿台灣日報副刊整幅版面，收在我第三本《航行的指針》一書中。

秦貴修是詩人、文友，著作等身，現任海鷗詩社社長，文學街出版社副社長兼總編輯。

許慈書為中興大學教授，是我與大時的長官。他的國學根基深厚，嵌字的對聯詩詞，時見文壇，聲譽卓著。

寫《返鄉》、《尋根之旅》的李立璿、李易儒，是我的孫女、孫兒，分別今年於台北大學合作經濟研究所及台灣藝術大學戲劇系畢業，二月間農曆春節，偕回大陸老家過年。本書〈生活素描〉輯倒數二、三篇，是統屬這方面的報導文字。

綜括來說，全書長短不一的行文中，有百分之六十六的三十八篇是經報刊雜誌披載過的。蒙秀威資訊科技出版社承印發行，供銷社會，祈各方賢達賜教。

李榮炎

二〇〇五年七月

目錄

第二輯　讀閱拾掇

目錄

第三輯　生活素描

第四輯　附錄

第一輯

話說從前

盡瘁教育——紀念前興大校長羅雲平先生逝世二週年

民國七十年十二月十二日，全國第三次文藝會談，假陽明山中山樓召開，為期三天。我十一日下午啟程前往，在臺中火車站候車室與同赴此一盛會之興大林逸教授相遇，他的車比我早一班次。五時抵達臺北市國軍英雄館，林教授已辦妥報到，分配在館居留。承他指引，我亦迅速完成手續，住宿則安排在空軍招待所。

一切停當，翻閱分發的會議手冊，發現大會期間不僅白天排滿議程，晚飯後也舉行座談。每日晨間由北市專車上山，夜裡歸來，三天中沒有餘時作其他活動。在我出發時，原擬乘此機緣，專程往老校長羅雲平先生寓邸晉謁，眼看計畫成空。繼想現在無事，何不就此前去，以完成一點私願。主意既定，立刻就道。

時入冬季，夜長日短，抵達時天已全黑。初次前往，匆急間下車後就近查問，好不容易才在一條巷子裡找到。按過門鈴，來開門的竟是校長本人。他隨手將門燈捻亮，帶我進去，始把客廳裡的小燈關熄換開大燈。我陳述自校長八月交卸後，早就渴想前來，現正好參加明日的文藝會，乃得踵門拜望。他對我獎勉有加，並述說其對文藝工作者的衷心尊敬。

晤談告一段落，我起身辭謝離去，他堅留共進晚餐。他說難得有此機會，你第一次來我家裡，又剛好是開飯時刻，務必請留下來。我說行程急速兩手空空，什麼禮物也沒帶，實是失敬得很。他說：「禮物是一種表面，我不要那種表面，你有心來看我就十分高興啦！」停了一下，又說：「我家吃得簡單，有什麼吃什麼，你也不要客氣。」長官命不敢違，我只好唯唯順從。

其時時近七點，夫人端菜出來，擺在桌上的是三菜一湯。一是魚一是肉，一是青菜，湯則為排骨燉煮。後來搬上一碟炒蛋，說特為我來而加的。同桌連我共四人，席間我見校長使筷用左手，校長夫人及其公子也相同。我小時因右手指縫長瘡，由孩提而至求學階段，習慣均以左手持箸。步入社會服務，每因進吃發生扞格，始強令自己改變，因而兩手執筷都能運用自如。現在遇上這種情形，也用左手使共相一致。

翌日中山樓正式會議，於休息中晤見黃永武、胡楚生、丁貞婉、沈謙等幾位興大文學院的教授。閒談中我將拜望老校長的簡略情形說了一下，沈謙說：「別人是當長官上任與在職時趨赴敬候，你卻於其退休後才專程前去，這是純真的道義情感，他自然格外喜歡了。」

溯六十一年羅校長由部長調興大接篆，我先一年由軍中退役到校任職，過去素昧平生。雖其任期九年，然因職務關係，接觸甚少，只是對其籌謀策劃，貢獻於學校的教育與建設，如師資陣容的加強，系、所的增設，文學院、行政大樓、中正紀念圖書館、中興湖、體育場、學生活動中心及男、女學生宿舍等的興建，巍峨宏偉，氣象壯闊，前後判然有別，恍似脫胎換骨，成為中部地區首屈一指的大學城府，內心無限的敬佩。

個人公餘塗鴉，常向國內與香港之報刊雜誌投稿，因而不少的文藝團體都行參與，臺灣省文藝作家協會即是其中之一。協會每年年會於臺中地區召開，多請羅先生於會中作專題講演；校中的各項慶典集會，他以主席身分的各種致詞，皆於聆聽後有所進益。至其學貫中西，見解深遠，胸襟朗闊，實非一般人所能企及。而引喻取譬，語句鮮活，口才便捷，適時適所引人入勝的說詞，必能使人凝神專注，心無旁騖，胸臆間便常存由衷的景仰。

羅校長生活簡樸，自奉甚儉，我那次拜謁的印象至深，卻不幸於七十三年四月二十日長逝。喪禮於同年五月十五日上午在臺北市第一殯儀館景行廳舉行公祭，蔣總統經國先生特頒「教績揚芬」輓額，由政府要員在靈櫬上覆蓋黨國旗。五月二十一日興大教職員生並在臺中校本部惠蓀堂追思悼念。

我幾次參加祭儀，得知羅校長早年留學德國，獲漢諾威高等工程大學工程博士，旋於民國二十八年歸國，即盡心於教育界。來臺後一本初衷，任教於各大學，由教授、院長、校長而至全國之最高教育行政機關長官，莫不為此而獻其心力。且退而不休，倡建孔子廟於美國加州，附建儒學研究所，俾助宣揚中華文化於西方。基地已備，建築圖樣已具，惜遽逝而未能夠實現。他一生盡瘁教育，貢獻於國家社會實多。

唐韓愈與于襄陽書，其首段有謂：「士之能享大名，顯當世者，莫不有先達之士，負天下之望者，為之前焉。士之能垂休光，照後世者，莫不有後進之士，負天下之望者，為之後焉。莫為之前，雖美而不彰，莫為之後，雖盛而不傳。」羅校長以往的種種鴻猷行誼，我夠不上資格談說，他留光垂世的種種亦有後進之士為其傳述。我謹以部屬之身，就所知所見追陳微末，呈現個人內心的小小衷忱。

附國立中興大學「雲平樓」命名概要——

雲平樓記（大理石刻嵌正門右側）

本校自創建以來，僻處市隅，校區既顯湫隘，設施亦欠完備。迨及民國六十一年，羅公雲平之來持理校務也，於是殫精極慮，擘劃經營，廣拓校地，擴修黌宇，闢草萊、植卉木、鑿沼池，進而增強師資陣容，提升研究水準，數載之間，規範宏啟，氣象一新，遂得蔚為中部地區之學術重鎮矣。七十年八月，羅公任期屆滿，循例榮休，七十三年四月二十日，不幸以胸疾而病逝臺北。同仁等以羅公懋德丕績，鞠躬盡瘁，遽爾辭世，咸共歎惋，僉議以羅公離校前新築基礎大樓一座，命名曰雲平樓，既以誌其追思之意，亦且使後之來者，有以知羅公之為國育才而功在興大者也。（本記為中文系胡楚生教授所撰）

校長　李崇道

中華民國七十三年七月六日

台灣日報副刊七十五年四月二十日

追寫興大校長辭職風波

話說中興大學台中校本部任共同科體育的一位副教授麻姓老師，民前三年十二月生，雖於六十五年八月正式退休，然當時校長以其於民國三十七年到校，在校時近三十年，「貢獻」殊多，為借重他的「經驗」與「優良」教學法，逐年請其來校兼課。發一份薪水，相安無事，和平共存。

新任校長，新人新政

興大七十年秋校長易人，調派農發會的主任李崇道先生接任。李不曾參加政黨組織，以單純的學人從政。到校以後，一切依章辦事，尤其用人最為認真。大學是一個用人權責單位，所有教職員的派遣，校長發佈命令即具法律效力。

緣以興大歷史悠久，很多的派系門閥與利益勢力集團羼雜其中，若有一方面擺不平則興訟告狀層出不窮，會令當校長的吃盡艱辛。主政的為了安撫以息事寧人，各方面自都得將就及用心照應。

本來政府早有規定，新進人員應舉行公開考試擇優錄用，但過去皆未執行，只看誰的手臂長、力量大，便用誰推薦仲介的。你具備了任用資格，你經過考試舉辦的公務人員考試及格，但是沒有用，也進不去，因你沒有那些派系門閥的勢力在支撐。

打開興大的教職員名冊，如果尋根究源，目今仍可發現許多夫妻檔、父子（女）檔、親家檔、祖父孫兒檔、丈人女婿檔、婆婆媳婦檔等等，一窩窩的占著要津。夤緣倖進，一家子坐吃國家俸祿。因為他們都是有力人士，是從未經過考試的。

李崇道接任興大校長，隻身前來，臨行借調了一位在農發會任職的張奉德當主任祕書，其他的全在興大的人中安排。由於他依法用人，遇有職員出缺，即登報公開列具應考的資格條件招考，一個名額幾十名報名應徵，公平競爭，精中選精，錄用的人當然是最好的。大家固然稱道，但藤牽葛繫，根深蒂固，使那些派閥的人用不上力，自然也招致懷恨怨懟。

新進的職員任用若此，超過七十歲的教員也不再聘請兼課。惟是這麼一來，便得罪了不少的人，尤其上開的那位麻先生。

根據有關規定，學校專任教師排滿了課，或原任的無此人才，才可以聘兼任。如理工方面的隧道工程、給水工程，學生需獲此知識技能以適應社會的需要，使其將來就業學以致用，便得向電力公司或自來水公司聘人授課。若是一般課程，如共同科的體育，學校本就有充裕的師資，且專任的老師課未排滿又聘任，致原任的要支薪水，再而開支兼任鐘點費，等於浪費國家的公帑。李崇道新人新政，不再借重那些逾齡的，就是本此而採的措施。

請問讀者，李的此一舉措是否得當？我想答案應是肯定的。但原本視作當然而如今卻接不到聘書的人，滋味就不一樣了。

春節團拜，借題攪局

七十一年農曆春節，是李崇道接任興大後的第一個新年。當大家正喜氣洋洋在大禮堂打躬作揖，恭喜發財的相互拜年時，忽聽到高聲的吆喝叫罵，看到大鬧會場的情景，眾人不明究竟，相顧愕然。驀見一人急步穿梭來回，像是喊話的說：「今天應是王八拜年，你們恭喜什麼啊？」「大家回去吧，我們又不是王八！」「中興要倒楣了，好好的吉日不用，卻要選這烏龜出門的日子，衰啦！衰啦！」連續重複，轉了幾圈，走了。

有人說：「他不是體育組的麻老師嗎？為什麼要攪局呢？」

本來這個團拜，李崇道要親自主持，但經此一鬧，便請由教務長李慶餘代理，弄得大家都不歡而散。

事後查詢，此事的起源，是因團拜改了日期，使麻某得以借題發揮。按照往例，每年拜年都是大年初一，惟李以與大人遍佈各地，如於假期中舉行，勢使許多住在遠處者不克參加。春節學校放假一週，待年初八假滿恢復上班，大家齊聚團拜，大家方便豈不更好，於是將往例的初一改為初八，不料會造成如此尷尬的場面。

記得同年的四月間，學校中的黨員在惠蓀堂（前大禮堂）召開黨員大會，濟濟一堂滿了一屋子的人。報到完了正待舉行儀式時，後面倏而傳來高音波的嘶叫：「丟人啊，真丟人！」「在此間獨一無二的堂堂國立大學，連中區知青黨部的主委都當不上，把它流到私立的學校去，你們的面子何在啊！」「丟人啊！真丟人！」

大家回頭一看，連續大聲喊叫的，原來是春節到此攪局的那一位。

稍具常識的人都知道，黨部主委必須具備黨員身分，可是李崇道不是黨員，雖是國立大學的校長，但也不合乎條件。中區知青黨部的主委乃由東海大學校長梅可望出任。這本來就是一件順理成章的事，卻想不到有人無端找碴，冷嘲熱諷的加以非議，其居心頗令人質疑。

韶光如矢，轉眼寒暑更易，興大七十二年春節團拜，仍在初八舉行。熙熙攘攘，一團喜氣互祝「新年好」，不料舊人舊戲再度重演，又傳來了高聲的嚷嚷。這次的話題不是「王八拜年」，而是署名發慰問信及致送慰問金的「名義」問題。那個於大庭廣眾眾目睽睽之中鬧了兩次事的人，拿了一個信函，將信頁及內中的新台幣五百元取出攤放桌上，拍著桌子大聲的說：「我的春節致退休人員慰問金是政府給我的，不是李某人給我的。不是李某人的錢，他那裏有資格署他的名字發給我！我不要，我拒受。」「打那個王八蛋，我負責。」其聲震屋頂，氣沖斗牛。旋將那信及錢擲向空中。

大家知道，很多的機構為照顧各該單位的退休人員，於公費中撙節開支，每年的節日致送一些慰問金，附發慰問信以表關懷之意。不錯，錢是公家發的，但這個慰問信，若不以單位主管署名，那應署誰的名呢？

此次新年團拜，在場的人都知道：李崇道的母親李老太夫人於年初三過世了。對於一個初遭母喪、泣血守孝的人仍不放過，只因不聘兼課，斷了財路所引起，是頗出人意表的。

基於安全，取消運動

「為了校區安寧與個人安全，崇道早已取消在台中校園內散步，在台中市區內也已不見崇道足跡。」這是他七十二年十月十七日於辭職風波事件發生後未久，致興大同仁第一封信中的話。請讀者試想，一校之長，為何不敢在自己主持的校園內散步？一個國立大學所在地的市區，何以會不見他的足跡？而他也已坦誠揭露：基於安寧與安全之故。

吾人如不健忘，在十數年前電視新聞播報的螢光幕上，常可見到那喜穿白衣，那個農發會主任魁梧高大身影。他體格健壯，聲若宏鐘，是緣於他愛好運動。習於運動的人，忽然連大門都不敢出，自己將自己侷限於一間屋子之內，是因為經驗告訴他，怕受到「教訓」。據說有人為他專門訓練養了一條狼狗，在校園中隱身暗處，指揮牠去咬他。幾度驚恐，餘悸久久難忘，為了安全，也只好連散步都取消、放棄了。

前幾年有人舉行「最受社會尊敬的職業」調查，結果由《中央日報》刊出，列在前面的是大學校長，其次是中央部長、省廳處長。當一個大學校長何其風光，許多人鑽求不得，李崇道何以三年任期未滿（民國七十年八月接任），二年餘便發生了辭職風波，輿論喧騰他的掛冠事件？亦正如他在信中所說，有太多的辛酸。

官場中習慣當主官的有所謂「班底」，新官上任，不免要帶幾個親信的人，使平時襄贊協助，緩急有所肆應。李崇道到興大主政，臨行匆匆，僅僅借調一個人同來，投入這沒有歷史淵源，完全陌生複雜的環境，其工作的艱困可知。因而，別人當主管，一呼百諾，他呢？寫個便條，發一封信，都得躬自草稿，打印之後親自校對。看所附的兩封信，他縷縷訴述的無奈悲淒，個中滋味可知梗概。

掛冠求去，一了百了

或許有人要問，一所偌大的大學，一個學生如此眾多的團體，難道就沒有衛道之士，難道就沒法律保障主管的安全？這要分兩方面來說。

第一、他沒有班底，孤立無援。況因他的到來而喪失特權權益的人不少，不再聘適齡的兼課亦不只一人。有人出來搗亂，正好替自己出氣，竊喜之餘，不惟不加阻勸，更而推波助瀾。

第二、亦是主要的，應是他自己的觀點與看法（見其致興大同仁的第一封信）。

李崇道是農業博士，憑個人的努力艱苦奮鬥有成，向來在單純的農發會工作。他不參加政黨，以一個信徒、學人的熱誠態度為社會服務，可是身不由己，淌入如此險惡複雜的漩渦。他的想法是：煩惱的主因是主持校務，不幹了總可以一了百了！。

李崇道從到任至辭職，僅任二年餘。為符合三年一任體制，也因為教部多方慰留及學生的請求，乃延至七十三年八月移交。七十二年十月十八日銷假在台北法商學院辦公時曾對記者說：「我在台大、法商都有課，家不搬回台中，今後住台北的時間比較多。」

也許，在他的心中，住台北比台中安全、溫馨，也許可能是不願回首那些是非吧！

七十二年十月十九日李崇道回台中校本部，受到學生的熱烈歡迎：「校長，歡迎您回來。中興好，中興要更好！」

如今，李崇道已離開中興大學，留下的不止是他令人懷念的風采和學者的氣度，還有許許多多耐人尋味的「辭職內幕」，我們真的不知道，這種事在台灣是不是新聞？我們只有衷心地企盼，這種事不再歷史重演！

一九九〇年六月一日發表於地方人雜誌

由《楚留香》談起

初看中視播放的香港片《楚留香》，甚感親切。睽別故園數十年，久違鄉音，面對螢幕聆聽對話，許多熟悉的詞彙重入耳際，不絕如縷的往事恍似又現眼前。

《楚留香》原是粵話片，因開播後效果不錯，為迎合多的人收看，乃改用國語配音。想不到竟鬧成「事件」，要行政院新聞局調處，最近立委再再質詢，頓成熱門話題。致此之由，起因於此間的電視演員大表反對，認為傷害了他們的工作權利，擔心他們的飯碗會被香港人搶走。

「工作權利」不容侵犯，應為現任社會所共同認知。惟是如果因工作權的獲得保障，而工作的品質墨守成規，因襲故常不求改進，以滿足觀眾的需要，似亦須加以檢討。

電視於每日晚七時半放過新聞報導後，進入所謂的黃金時間，每台多以連續劇分別苗頭。有以武打的取勝，有以文藝的擅長。然而不論武打的或文藝的，或兩者合而為一的，看來看去，莫不是那幾張熟面孔，久之自然生膩。

有人謂我們的男女演員，就演技而言，絕不比香港差，所差的只是編劇。劇情鬆懈雜湊，不必要的吃飯，不必要的對話，充滿於每一集的劇情裡，粗俗拖沓，令人看了心煩。

這或許都是事實。但如就某些特定劇情的特定人選之中，有的未盡合適，當亦為同所共睹。常見演刀光劍影，血流五步的是這一班人，下一集柔情蜜意，細語綿綿的仍是這一班人。演員無所不能，老少咸宜，大小通吃，總難給人好印象。

因此之故，我們的連續劇要與人競爭，除了編劇的加速改進外，演員的培植，就各別的專長，適材適所的使能恰到好處，應亦為急不容緩的事。

一九八二年六月八日

歡迎負傷美空軍

拜讀六月十六日一五九期《中央日報．文史週刊》，李守廉先生寫的〈我救助美國空軍英雄杜立特記實〉大作，使我憶起三十多年前在故鄉歡迎負傷美空軍的一件往事。

那是民國三十三年年底。是年的九月間，中央軍校所屬的二、四、六分校在廣東羅定設立考區招考新生，派葉劍鋒上校主持其事。我是七月高農畢業的，遂約了一位同學前往報名。筆試完畢，等待放榜的時候，佔領廣州一帶的日軍沿珠江向內陸推進，一支溯北江攻韶關，一支溯西江指梧州，以策應其在湖南攻向湘桂路之敵。考區羅定靠西江，亦為其攻擊目標。

由於消息欠靈，快將兵臨城下，我們這些應考住在旅社的外來人始獲通知，急忙零散的向山裡躲避。羅定與我的家鄉信宜縣接壤，屬於雲霧山脈與雲開大山間的地帶，山高坡陡，林木蔭天，敵人很難前去。我們在山裡待了一個星期，聞說敵軍已被擊退，始陸續地回來。

回到城裡第一件事便到原來的招考辦事處連絡，可是人去屋空，不曾留下信息。眼看所帶有限的盤費將行用盡，只好賦歸再作打算。

我鄉離羅定約百公里，如照目前的交通狀況，不過數個小時便可到達。可是峻嶺崇山，交通不便，僅有的一條公路亦因政府堅壁清野，阻敵前進的政策，下令全面破壞。所有行旅自是都靠徒步，短短路程，三天始行到家。

其時縣政府的編制是民、財、建、教四科，在建設科之下設一農業推廣所。所設主任一人，指導員二人，練習生三至五人，負推廣、改良農業之責。我因是農校畢業，報考軍校未成，十一月進入所裡擔任練習生。

因為沿海地區多已陷敵，原設於廣州的省政府北遷粵北，致位處西南隅與桂南越北相鄰的這些縣份距離遙遠，特設廣東省政府南路行署就近督導，俾使政令能確實貫徹。行館設在縣城的北端，跟我服務的推廣所相距甚近，他們上下班都經過我們的門前，不時可相互照面。

縣城原有一道厚牆圍住，其時已奉令拆除，獨留下幾座城門供人行走。城北本是空曠，加上拆去城牆後的地面擴建成一大廣場，於是大集會或運動比賽，都在這裡舉行。那天歡迎美空軍，亦是這個地方。

參加歡迎行列的是學校及機關團體，人數甚多。每一單位都持標語牌，有中文、亦有全是英文的。當天的氣候略帶寒意，輕緩的北風陣陣撲面，我們七時半已集合好，約等了半個多小時，暖暖的太陽昇起很高，主持人才陪同兩位客人進場，分左右站在台上。

站在左面的一位叫柯達斯，體格魁梧，精神頗佳；右邊的一位名龍恩，個子較矮，左臂紮著綁帶，用紗布掛在頸項上，有些萎靡的樣子。主持人是行署裡的一位先生，他先作簡單介紹，續說他們的飛機七架，赴巴士海峽轟炸日軍艦艇，任務完畢回航，在海南島附近上空與敵遭遇空戰，打下了日機三架，可是他們這一架亦被擊傷。龍恩的左臂中彈，強行飛進陸地跳傘，血流了不少。在茂名與電白兩縣的交界被我方救援的。

報告告一段落，我們都熱烈鼓掌，並請被歡迎的客人講話。他倆除揮手表示感謝外，未曾致詞。我服務單位的主任是嶺南大學畢業的，外文甚好，他亦被指定為接待人員。散會回所時他說，這兩位美軍都受了傷，柯達斯傷在腿部，不過情形較輕，包裹後穿上衣服，外面察覺不到。他們著陸後躲躲藏藏，折騰了多天始被我方發現，所以都十分虛弱疲憊。

他們的行止，聽說是取道廣西北流，送到上級單位去。

一九八一年七月四日

習琴一得

我學國樂，習的是胡琴，入長青學苑國樂班正式學習，從基礎班、初級班、中級班而至高級班不曾間斷。先由南胡的部位名稱、譜表術語而至常用的各調音位表開始，拉弓推弓，移位換把，按部就班，全神凝注。希望在一定的期間內，習到一門技藝，於退休後的閒暇時光，精神有所寄託，亦以自娛。

長青學苑施行的是學期制，一學期算一階段升級，四個學期的二年期滿，便受完從基礎班而至高級班的全部歷程。由於國樂的造詣難有一項標準加以界定，只能作概括的評斷，即使高級班結業了，仍覺程度甚差，從頭再來，又由初級或中級班起加入輪迴。

背譜是學音樂的重要課程，為使演奏時全神貫注於手指與弦位的密合，樂譜最須背熟。我為達此目的，除了上課時認真不苟外，晨起散步於野林間備帶本子，走走看看，唸唸有詞。心維口誦，背熟了不少曲譜。

雖然如此專注用心，拉練亦不曾間歇，可是胡琴的技藝卻無大進境，總若留在初級班的那種程度。通常「三年有成」，而我的三年像一無所成！白白虛擲，懊惱之外，意興闌珊，就此罷手之念七上八下，時在胸中翻湧。

學此玩兒已習以為常，長日漫漫，捨此又做什麼呢？比我先去的學長們興致濃厚，孜孜不倦，勸我務必共同行動，幾經猶豫之後繼續，倏忽又將三年，前後五年多得來不少體會。

「六、三、三、四」是現今我們由小學至大學的學制，也即小學六年……大學四年，屆時通過考試便行畢業，但國樂只可說經過了某階段，不能說是畢業的。

臺灣的玉山，海拔三、九五二公尺，想要登臨，即使年紀大了，如情況正常，下定決心前去攀爬，縱然緩慢，但一步一腳印持續向上，定可達到峯頂，學國樂是無以比擬的。它是一種藝術，既無止境，也無峯頂。因是藝術，若沒天分不能從小開始，不惟摸不著門徑，所謂「一勤天下無難事」、「日進不息，久可上達」；全皆枉然。

日前到圖書館查閱資料，無意間讀到一篇〈檢查音樂天才的訣竅〉專文，刊於《中央日報》八十三年一月七日「中央學術論壇」，作者王毅先生是大陸旅美學人，曾於現南京藝術學院主修小提琴。以其四十年之經驗，他認為：學音樂天才即手，手即天才；天才是天生的材料，是由遺傳因素造成的。

他說演奏樂器要手，更具體的說是需要五個手指或十個手指的指尖肉墊，與樂器的接觸，是最關鍵的行動，是成敗之舉。手分四種，一是鬆而有力，二是鬆而無力，三是緊而有力，四是緊而無力。第一種學音樂可以成才，第四種要阻止他們學，因為那是勞民傷財，不要拿自己的一生時間去冒險，不要徒勞無益的努力，認為天才僅僅是勸奮的人，將會走向絕路，喪失一切。

這番話，尤其所說最後的那種，是我體會最深的。好在我是閒居無事的一種排遣，也就不計較那麼多了。

一九九四年七月十七日台灣日報

擦身而過

我一生中記不清有多少次不能把握稍縱即逝的時機，旋踵間便後悔的事。月前未能拜識大作家丹扉女士，便是最近的一次。

慶祝建國七十年第三次文藝會談，年前十二月十二日在陽明山中山樓舉行。與會的人八百多，我抽中的座號在中間，左旁與後面挨鄰而坐的是三位女士。每人的胸前掛著名牌，在我後側的一位便是丹扉。

她在《台灣日報‧生活版》闢有「婦人之見」專欄，時常發表大作。我有時也向那裡投稿，幾次與其專欄同日見報。她功力深厚，寫來似毫不費力，落筆行雲流水，一些生活上的細節娓娓道來，予人以清新鮮活的印象。

這次文藝會談第四次討論會於十三日上午實施，由十個分組的代表分別提出綜合報告，其中有兩位是女士，即第二組的趙淑敏及第五組的張曉風。使用的時間各七分鐘，都能把握要點，將有關的意見充分表達。丹扉對趙、張兩位的說詞簡潔，圓潤周延，聽其在後面時加細語讚賞，恍同身受的與有榮焉。

在會談的過程中，對女性的稱謂，亦使人耳目一新。時下許多公私機構，不管當事人已婚未婚，年老年少，通稱小姐，總覺有些名不副實。大會一變慣習，在她們姓名之下改加女士，既是尊重，似更親切實際。

話說回來，有幸受邀參加這一次盛會，使與一些久別的朋友共敘闊別，衷心無限欣慰，當應趁此難得機會，多拜識幾位文壇前輩，以聆教益才是。況慕名已久，同在一版面刊登作品，又參加同一次會談比席而坐，轉身即可自我介紹，致以景慕之忱，祇以猶豫瞻顧，恐有唐突冒昧，致便坐失良機，擦身而過。每思及此，深覺慨然。

一九八二年一月八日

幹臨時員的那段日子

民國五十一年，隨軍進戍馬祖，初住南竿，一年之後為加強北竿島的防衛，我營奉令移駐，戰備受另一管轄團之指揮，以鞏固前哨列島的防務。

馬祖由南竿、北竿兩個大島組成，其實是矗立海中的兩座大山：前者是圓台山，為行政中心的所在地；後者是壁山，是扼制瞰視閩江口的樞紐，占戰略上重要的位置。

我營的駐址在壁山北側，與高登島面對，所屬的幾個連，佈防於近海處，建有許多坑道可以相互支援照應。

「國軍隨營補習教育」，其時在部隊普遍實施，尤其外島推行認真，分成初中、高中兩級，書籍、教具、經費等全由國防部總政戰部頒發，在不妨礙防務的情形下於夜間上課，老師選學有專精服預官役的擔任，修習期滿考試及格頒發證書，具有初、高級中學畢業的同等學力。

這項業務屬於我的職掌範圍，包括教師聘任，報名編班以及有關的行政工作。教師中以師範學院畢業的較多，相互往還，啟發我對教育學的熱情，以參加考選部每年辦理的「教育行政」檢定考試為手段，作學習努力的目標。

檢定考試分初、高等，我選後項，要考的科目有七科，五年內全部及格即可取得參加全國公務人員高等考試的資格。我三年通過，在民國五十七年完成了這一願望。

毋庸諱言，我之有志於此，固然是選定目標，作為自己不懈用功的動力，內心亦每忖思，軍中退伍後，可多另一條出路。儘管苦讀強記，過程歷受艱辛，如兩次駐防外島回台應試，船航途中遇上最大風浪，嘗盡顛簸之苦，亦甘之如飴。

全國性公務員高等「教育行政」考試及格，備受任用的行政機關歡迎，苗栗縣政府教育局就邀我前去。其後因緣湊巧，選上了中興大學註冊組，雖然是暫充臨時員，但陳家元主任向我保證，遇有缺額，即行補實。我以近家方便來回，便於民國六十年二月正式到任。

幹了大半輩子軍人，初履新職，感覺十分新鮮。全國每年的大學專科聯招工作，中部考區就委由興大承擔，註冊組是主辦單位。這是個不曾有過的經驗，緊張中無限興奮，兢兢業業，凝神盡力，所歷的每一階段都有心得，是年八月十日放榜完了，我即以〈話說大專聯招〉為題，撰成四千多字的長文，投寄《中央日報》副刊，登載在八月十八日的正中版面上。

《中央日報》在當時是全國領導群倫首屈一指的大報，副刊更是獨領風騷，莫與之匹，《中副選集》一本本的，風行社會各階層。為文能在其上露臉，仿若躍登龍門，不惟興大人對我另眼相看，保管組袁天翼主任要我到他那裡服務；在金門外島服役及香港的僑生要回國升學的，都來信由報社轉來向我請教，且都以教授稱之。

我到註冊組，是補久待的懸缺，初面試後筆試，寫自傳擬公文，看書法後由學校發正式公文寄我家裡，六十年二月一日起薪，月支新台幣玖佰伍拾元。並蒙主任面允，月薪三個月後調整，遇有正式缺額即報補實，我便正式上班。

幹臨時員負責全組的總務，應是課務組的部分業務也由我負擔，工作比其他人繁忙，我常早出晚歸，以作因應。又因認我的文筆通暢，對外行文，每每要我撰擬。說實在話，當時全學校的行政人員，沒有一個如我經國家考試的高考「教育行政」及格的。

「月薪九五〇元」，社會上沒如此低的待遇。若我不是軍人退休，領有月俸支應，以此月入莫說養家，一個人的生活也難撐持。

當了四年多的臨時員，民國六十四年四月派為技術員，交出總務掌管學生成績。我原是中校退休，若作正式的公務員需停領月俸，可是人事承辦人要我不可停領，定要真退一刀兩斷，免於拖泥帶水混不清。同我一樣情形，棄喬木而就幽谷，為了芝麻丟西瓜的，尚有總務處的劉先竹與張子倫二位先生。一步之錯，覆水難收，鑄成莫大悔誤。

公家機構有許多不合理之事，正式公務員比臨時員工作輕鬆，使我有餘時從事文藝，不停寫作、投稿國內外報刊。亦常參加徵文，每多入選獲獎。數年間出版了多本文集，曾被謬稱「名家」，大陸故鄉的圖書館、學校函索典藏閱讀。「寄身於翰墨，見意於篇籍」（曹丕典論．論文），私衷至為歡愉。「失之東隅，收之桑榆」，這應是最寶貴的收穫吧。

與大退休拾痕　二〇〇一年十二月二十九日

我家釀酒的那段日子

年前十二月三十一日，是政府規定各家戶憑戶口名簿購買紅標米酒的最後一天。我騎著機車，到離家十二公里的台中市復興路台中酒廠去排隊。看電視新聞，各地買酒的隊伍都熱鬧非凡，前後連貫。那天氣候溫和，陽光普照，我為排遣時間，帶了報紙看閱，左右的人看我如此專注，不次讚揚我這頭髮斑白的老人視力良好，未帶眼鏡。我說我兩眼都割除了白內障的。酒廠設兩個窗口，隊伍排兩隊前進，我隨著移動算計時間，花了四十五分鐘，購到米酒三瓶，也想起一段釀酒的往事。

距今六十多年了，我家遷到山地裡去種田，鄰居指導我們釀酒，數年之間，改善生活，恢復了我原中輟了的二年初中，並完成我高中的學業歷程。

做酒是很有賺頭的。雖稱是一斤米做一斤酒，米、酒價格相當，但糟粕養豬，一批批的出賣，豬糞肥田，五穀豐稔，可說是多層獲利。況那些米碎糠粃，餵飼家禽，由而牲畜興旺，更是一筆看不見的收入。努力打拼，欣欣向榮，舉家歡樂，財源茂盛，真是個快愉無比的日子。

「要致富，釀酒養豬磨豆腐」，是我鄉流行的一句諺語，確是驗證不爽。據說我們加入世界貿易組織（ＷＴＯ），即開放民間可以自由造酒，未來必有許多家庭獲益的。

二〇〇二年一月二十八日

考事憶往

近讀《聯合報》副刊由瑞典諾貝爾文學獎評審人之一的馬悅然教授所寫的一篇〈奇妙的事〉，文筆流暢，生鮮動人，坦誠風趣。敘述其岳父陳行可教授的求學經過及他與陳寧祖小姐結婚，是其岳母請人模仿求婚信函字體，誑過當時大陸公安，由四川獲得前往廣州的許可證而遂行的。溯陳的瓜代巧思，引人入勝，不禁想起我家好些考事。

一九六二年我隨軍進戍馬祖。在南竿住了一年，因對岸向我方加壓，為加強防務，我營改配北竿團，奉調前往。

駐防外島，環境單純，注意防務之外，很多是自己可以掌握活用的時間，勤謹進修，充實自我，是個最好的機會。我以努力需有個目標方向，選定參加政府舉辦的高等考試為目標，從「教育行政」的高等檢定開始。

依考選部的有關規定，檢考及格的科目可以保留五年，全部通過，即算完成。應考七科，計有：國文、國父遺教、憲法三科是共同科目：教育行政、教育心理學、教育史，教育哲學四科是專業科目。我從一九六四年開始考，參考三次，於一九六八年完願。同年以此資格參與全國的同類科正式高考，卒畢其功於一役。

幾年間的檢定考試，全是摸索進行。可以閱的專業科目，五花八門，不知那一本是「本尊」。現今任一考試都有補習，當時尚無。好些書市面買不到，只好到台中圖書館去借。當時規定一本書可借閱十天，得延續一期（即二十天）。我借到後，以一星期專注閱讀，重點用鉛筆輕輕勾畫，以兩星期全力摘抄。往昔沒有影印，費了許多冤枉力用心抄謄，常是午夜就寢，四時起床，精神集中全注於斯。雖年紀大了記性不好，但如此加深印象，對應試出了不少助力。

共同科目的國文，自認較有把握，第一年竟未通過，題目是：試闡述「仕而優則學」之意義。僅得四十六分。第二年文題：管子云：「政之所興，在得民心；政之所廢，在失民心」試申論之。我秉持「得民者倡，失民者亡」之意發揮，結果比六十分及格多了十五分。

我通過了公務人員的正式考試，退伍後到台中市的國立中興大學服務。一九七三年行政院退除役軍人輔導委員會舉辦退除役官兵輔導考試，我報名應考乙等（高考）「稅務行政」，一試中的，再次及第。

也許受我三度應考的濡染，我的兩個兒子都循這條路就了公職。老大於初中畢業後，至台北新店的裕隆汽車公司修習一技之長當學徒，日間工廠上班，夜裡讀書入學，自食其力，考進東方中學高中。畢業入伍服役裝甲兵三年，一秉其過去的向上情操，在軍中力學不輟，退伍時吊車尾考上文化大學夜間部法律系。

該系名額六十人，他與最後一名的人同分，因國文分高，加錄一名，意外獲得入學，他十一月才可退伍離營，怎麼辦呢？申請休學，勢必耽誤一年，適我有一位軍人同仁在文化大學當教官，跟他商量，他說相差三個月這麼長的時間，難以請假，得想其他辦法才行。

其時，我家老二就讀基隆海洋大學，他是日間部河海工程學系，我與他說，你是否可頂你哥名夜裡到「文化」上課，又不露痕跡？他考慮有頃，徐徐表示，最怕教官點名，爆出破綻，追究起來，兩皆不好！這確是實情，我再與那位教官老友聯繫，這個班剛好由他負責，打馬虎眼，混過去了。

夜間大學五年，老大一面上大學，一面打工，所賺的錢除自用外，並不時寄回孝奉母親。五年畢業，以具大學法律系專長，順利考取國家高等任用考試，派任公職，於政府機關中服務，不經覺便已二十多個寒暑。

老二於讀大二時，報考普通考試的土木工程科，取得公務人員任用資格。那時國家進行十大建設，該項科目需才孔急，幾次派職催他赴任，都以學程未竟申請保留。大學讀完再次報考取得更高一層的服務位階，隨派新職到任。另一面，也回復人事行政單位，註銷了第一次的派用。

政府對所任用的眾多公務人員，常不斷鼓勵其自我充實，努力向上進取。老二在這情形下，一九七八年帶職考入交通大學「運輸工程研究所」習讀，取得碩士資格，一九八二年考取公費留學荷蘭，習讀一年，取得了「水利工程研究所」的碩士學位。他大學讀的是「河海工程」，任職於台灣的港口工程處，可以說是「學以致用」。荷蘭的土地面積約四萬平方公里，此我們台灣的三萬六千公里，大十分之一。這十分之一四千公里，據說都是與海爭地，築好堤防，抽乾海水造出來的。因此有不少地方海面比地面高，是其他國家沒有的現象。水利工程，高人一等，為世界各國取經學習的對象。

國家舉辦的高、普考或特考任職考試，報考眾多，競爭劇烈，錄取率每每是百分之幾，能中選及第，非具真才實學是難辦到。至於公費留學考試，尤其難上加難。我家的兩個孩子，在我這一個榮民，無資源、無人事的背景下，現今都分任政府部門的中級公務員。淡水對面八里地區所新建的台北大港，快將完成，經已開始營運，工程由始至終，篳路藍褸，老二領導獻其微薄。追本溯源，竊思皆是力爭上游，不斷考試所致。

個人不揣淺陋，藉「憶寫考事」訴陳一些既往，祈請方家指教。

清溪雜誌二〇〇三年二月一日

註：本文開首小部份與〈幹臨時員的那段日子〉重敘，因顧及行文完整使然請體諒。

獎事憶往

「考事憶往」是三千多字的雜文。敘述我幾次參加檢考、高考及我家孩子們的公職考試就業情形，刊於二〇〇三年二月號的《青溪雜誌》，國立中興大學聯誼會《退休拾痕》予以轉載。我喜好塗鴉，參加過一些徵文競逐，幸有收穫，茲將受獎始末，試加追陳：

壹、機關學校部分

一、服務與奉獻

一九八一年台灣省政府舉辦「教育」徵文，我撰寫〈服務與奉獻〉參加，獲「敘事體」優勝狀，描敘台中縣的一九七七年舉辦第九屆縣議員選舉，出身於眷村自治會會長的一位外省籍的叢樹林先生登記競選，在地人居於絕對多數的情形下，出人意表的高票當選。許多人跌破眼鏡，始料所未及，但揆其原因，乃由於當事人的熱誠感人，深獲民眾的愛戴所造成。

撰作本文，醞釀構想，查詢訪問頗有時日，報導力求詳審周延，表彰其服務奉獻之誠，始終如一，不隨時間之遷移而稍有更替。

歲月悠悠，二十多年過去，叢員充縣議員一直連選連任了六屆，由一九七七年九月至二〇〇二年三月，計二十四年之多，在台灣的地方政治史上，實是空前，瞻望未來，也不太可能重現。今日重讀原文，歷歷似如昨日。

二、論民生主義合作思想

一九八四年，國立中興大學以專題「論民生主義合作思想」徵文，號召全校師生員工參加，我僥倖獲得第一名，內容分前言、本文、結論三部分。

本文分五大段：（一）就社會進化說；（二）就剩餘價值說；（三）就平均地權說；（四）就節制資本說；（五）就食衣住行育樂需要說等項逐一縷陳。

民生主義建設的最高理想，是禮運所說的大同社會。在此社會中，社會制度是「人不獨親其親，不獨子其子」；政治制度「選賢與能，講信修睦。」進而老有所終，壯有所用，幼有所長而至矜寡孤獨廢疾者皆有所養，安和樂利和諧敦睦，成為天下為公的永久和平世界。

因此，吾人可以論定，民生主義以合作思想為主流，其理至明，亦是確切不移的。《興大青年》月刊，一九八五年一月作為社論全文刊載。

三、得意莫盡歡

一九九一年五月，台灣省立彰化社會教育館以「曾經」為範疇舉辦文藝徵文，我以〈得意莫盡歡〉為題，訴述我的以往（曾經），獲社會組佳作。

我畢業於一九五一年政幹班後，分發駐在苗栗銅鑼的步兵師，派往三座厝充連幹事。三座厝是一個團的營房，一個星期有幾次集中朝會，司儀多由我擔任。典禮進行時我站在台上，面對台下兩千多人，依著程序，唱國歌之後升旗，升旗完畢領導大家舉手呼口號，想不到就在最後呼口號時，那六句平時倒背如流的文句，唸啊唸的，竟忘了最後半句，僵在那裡，幾千對眼睛瞪著我，我無地自容，尷尬極了。

有一年，中興大學招考插班生，其程序完全按照大學聯招的規定。放榜之後，有位考生到我的辦公室來，訴說他有一科分數太低，要求複查。我隨手拿出原卷，卷面總分相符，細看內頁，真有一題評閱的教授未將其分數加上，差了幾分，致而落榜。其後幾經轉折，上訴至教育部，增額錄取一名，總算解決了問題。唯是這一疏失，實我工作最大的遺憾。

我將上開二事細行敘述，歸因於自己的得意忘形，獲得評審先生的青睞。

四、耕耘與收穫

一九九五年台灣省社會處慶祝台灣光復五十周年，洽請台灣省文藝作家協會舉辦淨化人心，改善社會風氣——「提昇人文素養，建立祥和社會」徵文活動，我撰〈耕耘與收穫〉參加。

抗戰中我入伍當兵，由上等兵砲手幹起。經過多次的戰火洗禮，受著漫長歲月的磨練，前後共二十七年，不僅完成了報國之願，亦以一個未具專業素養的人，逐級遞升至中校。

我脫離部隊轉任公職，參加「教育行政」高考，一九七一年至中興大學服務。一九七二年參加乙等「稅務行政」特考，取得了兩個相當於高考及格的資歷。

興大工作了十八年，由最初編制外的臨時僱員而至簡任編審。因業務關係，得與文學院的許多名家往還，使我在寫作的途程上獲益良多。「努力絕沒有白費，耕耘必有收穫，立志永不嫌遲」，是我本文的結語，榮幸得入受獎之列。

貳、報社徵文部分

一、接收市橋

一九八五年八月，是我國對日抗戰勝利四十周年，《聯合報》舉辦「抗戰與我」徵文，我撰寫〈接收市橋〉，敘述經過的種種。

當時我服務的部隊是陸軍一五五師（後改為一三一師），一九四五年元月由廣西移戍粵南，駐在茂名、化縣、廉江等地訓練整補。官兵每月的副食費只有法幣三十元，飯尚可吃飽，菜則是黃豆、青菜與魚乾。

五用間待遇調整，副食費由每月的三十元增至三百元，一下子加了九倍，且追溯到元月份起！大家歡聲雷動，餐餐雞鴨魚肉，市場供不應求，還派人到鄉下去收購。七月間在廉江之良洞與敵接觸，收復了三個據點，俘敵五名押回後方。正準備全面攻擊，奪回原法租界的廣州灣（現稱湛江）時，日本宣佈投降，全國瀰漫在歡欣中。

抗戰勝利，我團奉命接收位於廣州側邊為番禺縣治所在地的市橋。由原駐地行軍前往，經電白、陽春、陽江與四邑等縣。所經之處，有的陷敵已久，受盡壓榨剝削，許多房屋僅剩斷垣殘壁，可供燃料的木板建材，全被拆掉燒光。

廣東的偽軍總部，即設於我們的接收地市橋，也是漢奸及偽軍大頭目諢名李狼雞的老巢，據說汪精衛的妻子陳璧君曾來過多次。這兒蓋了很多簡單的大倉庫，將能搜刮到的物資運來，供應日軍與偽軍。

在我部未到達前，政治成了真空，盜匪橫行，經大力整頓後，治安很快恢復正常，地方行政迅速重建。

《聯合報》這次徵文，反應十分熱烈，於一千三百三十七篇中選出二十六篇，本文入選。

我有一位一道出來當兵的同鄉梁學銓，失聯了四十年，亦由於此文的刊登而恢復了連繫。

二、結束了那段艱苦歲月

一九八七年七月，是我國對日抗戰的五十周年，《台灣日報》為了紀念，也以

「抗戰與我」徵文，〈結束了那段艱苦歲月〉是我的文題。

文章的起首，從我讀高三的這一年參加縣運會開始，訴述抗戰已進入第七個年頭，海運斷絕，民生物資奇缺，夜間照明用的煤油來源不繼，只得就地取材，砍伐樟樹蒸油替代。小學生上學打赤腳，初、高中生穿草鞋，初中起實施軍訓，使用是木槍。各校有幾支真槍，是教大家瞄準打靶練習用的。

日寇侵華，遍地烽火，我軍民死傷難以數計，大半山河為其鐵蹄蹂躪。我初、高中的兩階段，都厠身於學校組成的各種宣傳隊，到各通衢市區演講、演話劇、貼標語，並組有晨呼隊，於黑夜中出發，晨間前抵達，集體唱軍歌，朗誦「國家至上，民族至上」、「軍事第一、勝利第一」，「意志集中、力量集中」等口號。

故鄉位於嶺南的粵桂邊區，適是雲霧山脈與雲開大山中心，崇山峻嶺，坡度陡峭，文化經濟都較落後，而敵人仍不放過，不時派機前來轟炸。由於實施焦土抗戰，所有公路橋樑都自行破壞，交通極端困難，加深了生活艱辛。

高中畢業那年，中央軍校二、四、六分校，由主任葉其峰上校，在廣東省羅定縣城設考區招考新生，我邀姓羅的同班同學共去應試。照現在的狀況，由我家鄉至鄰縣羅定，坐汽車頂多三個小時便到，而我倆翻山涉水，曉行夜宿，第四天傍晚始行抵達。

往軍校之路因湘桂路陷敵中斷，只好行伍從軍，我們在粵南訓練整補，雖物質條件十分困窘，「一寸山河一寸血，十萬青年十萬軍」之後風起雲湧，正準備展開反攻，日本便宣佈無條件投降。

八年抗戰，終獲勝利，頑敵屈服，國土重光，結束了那段艱苦歲月。

三、從中共觀點　看台海戰役

一九五八年八月二十三日下午六時三十分，金門當面共軍以各型大砲約三百四十餘門，用奇襲方式，向金門防區實施瘋狂射擊，短短兩小時，共發射了砲彈五萬七千餘發，揭開了「八二三」砲戰序幕。如果在這一戰役中，金門無法承受那漫天飛射，迎面而來的近五十萬發砲彈，金門失守了，台灣今天歷史要怎麼寫？

因此，《青年日報》為紀念這一盛事，以「永遠的八二三」為題徵稿，於一九九八年八月四十周年出版專集。我以〈從中共觀點，看台海戰役〉應徵。

「八二三」砲戰，由開始而至終了，我全程參與，夜裡巡查，共軍的空炸砲彈碎片貫穿鋼盔，檢視海防，對面的砲追著發射，戰場景況，生死一髮，有親身真切的體認。一九八〇年八月二十三日，我曾寫〈光輝的八二三〉九千字專文投寄台副，整版刊出。今逢徵文，改由另一角度描述。

「砲打金門，解放軍得心應手」，是《毛澤東全傳》一書卷五最後一回的標題。作者為辛學陵先生，全部六大冊，敘述的期間為一八九三年至一九七六年，即由毛澤東的出生以至他的過世。試摘其三六六頁中的一段：「二十五日，台灣當局以F—八六飛機八架進至漳州地區上空報復，解放軍空軍航空兵第九師第二十七團一個大隊起飛迎戰。孤膽英雄劉維敏在失去連繫，在沒有僚機掩護的情況下，與四架敵機作戰，擊落其兩架。但由於解放軍協同不好，當劉維敏追蹤另一架敵機時，被己方地面高砲當作敵機而擊中。」

這都不是事實的誆人之語。以當時的外電報導，被擊落的三架飛機，全為國軍擊落的共機。

另一本書名《金門之戰》，是中共國防大學中校教員徐焰先生寫的。前書想揀好的說卻完全失真，後者對不好的輕描淡寫帶過。如料羅灣他們四艘魚雷快艇被擊沉，前者一字未提，後說是受傷後自己相互撞沉的。登步島、金門的古寧頭，吃了敗仗全軍盡墨，卻說是「小受挫折」，可見一斑。

四、惠我良多

一九九九年三月，中副在台五十年紀念徵文《中副與我》成書，接中央日報出版中心來函：「台端惠賜大作《惠我良多》已結集出版，隨函致贈該書兩本外，特另匯上轉載費。為方便匯款作業，請將下列出版同意聯以平信或傳真方式，於三月二十日前寄回，謝謝！」

習練寫作，曾受教《中央日報》副刊主編孫如陵先生，他示我：「文章要動人！」一九七一年我脫離軍職至中興大學服務，參與這年的聯考工作，寫了一篇四千字的〈話說大學聯招〉投寄中副，一星期後的八月十八日赫見在最顯著的位置刊了出來。

這對我是極大的鼓勵，信心倍增，投稿擴及許多刊物，香港的《新聞天地》登過我不少文教方面的稿子。

往昔讀中副，遇上振奮勵志的好文章，輒便剪寄基隆、台北在那裡上學的孩子，囑其看過轉寄另外一個。雖數十年遠去，我剪寄依舊，只是受寄者以前是孩子，現在是孫子。又因影印方便，不必轉寄了。

我與中副，淵源甚久，承其指導啟發，使我在寫作的歷程上隨日增長，印行了七本小書（現已八本），參加過不少的徵文獲獎。飲水思源，引我教我，由個人而至家庭，讀中副的孩子不會壞，私衷感念之情，無時或已。

五、旋乾轉坤　共同珍情

一九四九年四月二十一日，共軍渡江南犯，藉諜報引應，囂狂氣焰，所到形同摧枯拉朽，半壁河山，不數月已淪陷變色。五月起中共陳毅野戰軍所屬第十八兵團（轄二十八、二十九、三十一軍）連續發起入侵福建，十一月十二日大嶝島陷落，十七日攻戰廈門，圍繞金門之敵，約十餘萬眾，以輕藐之態度，向金門接近。

十月二十四日深夜，敵以其八十二、八十五師為基幹，編成三個加強團約九千餘人為第一擊隊，分由澳頭、蓮河等泊地發船，先駛向大嶝島海面集結後，向金門前進，至二十五日二時十分，利用夜暗與漲潮，朝壟口亙古寧頭進發。由於風急浪高，船多失控，致多浮集在東一點紅亙古寧頭方面。

他們原想以第一梯隊登陸完了，即返航接載第二梯隊，金門唾手可得。出發前，部隊大加菜、發餉，仿左傳成公二年「滅此朝食」的故事，鐵定在金門城午餐。

右開三段，是摘抄一九九九年十月，《青年日報》古寧頭大捷五十周年以「台海第一戰」徵文，我以〈旋乾轉坤，共同珍惜〉所寫的話。

這台海第一場戰爭，中共企圖延續席捲大陸之勢，攻佔金門，進軍台灣，但卻在國軍將士用命，哀兵必勝的奮勇血戰下，使他們全軍覆沒，無一生還。

五十年是半個世紀，這旋乾轉坤的大事，徵文出版專集，確有必要。主持其事的副刊主編李宜涯女士作跋〈這不能忘記的一場戰役〉，最後說：「台海第一戰，讓我們以這本書對每一位在這場戰役中出席的英雄與烈士，致上最敬禮！也期待這一本書，對每一位在戰役中缺席的人們，展示海峽風雲中不能忘記的一頁！」尤具意義。

六、熱忱的服務

二〇〇二年三月，《青年日報》以「紙上乾坤大，筆中日月長」，為慶祝本報五十周年社慶，特以「青年日報與我」為主題，向廣大軍中及社會各階層讀者徵求佳作，其內容以對青年日報相關之點點滴滴，皆在歡迎之列。附言：「文長請在八百字到一千五百字之間，本報擁有該文字之版權，以備出專書之用。」

〈熱忱的服務〉是我應徵的文題，引我一九八八年十二月二十一日在青副登載的

〈投稿生涯原是夢〉的起始段：「近來一些刊物，歡迎踴躍投稿，唯聲言不退稿：投稿者應自存底稿，或亦可以原稿複印郵寄。」作開始。

喜愛寫作的人，都會有相同的經驗，當一件好不容易撰成的文稿寄了出去，當然希望越快刊出越好，然因不退稿，究竟是否被採用，完全是未知數。或許人家早已作廢處理，但作者卻牽腸掛肚，「可憐無定河邊骨，猶是深閨夢裡人」的那種況味。

本文前述的《永遠八二三》及《台海第一戰》這兩本紀念專著，行銷以來，備受讚譽。編者體貼入微，書成即分別郵寄入選者人各一冊。看看自己的，旁讀他人的，同一主題，全面觀照，十分窩心。

投稿青副附回郵信封，不用即退，用了將當日刊出的報頁回贈，歷久不變。放眼國內許多刊物，未之曾有。此種設想周到的熱忱服務，令人感佩不已。

參、真實的獎章

一九八四年全國公務人員專書閱讀心得寫作，我讀的是蔣總統經國先生著《勝利之路》，文長七千多字，分前言、本文與結論論述。

《勝利之路》這本書，對軍人而言，它是修養日課與精神食糧，使領導中心益形鞏固，國軍由精練團凝，萬眾一心，成為捍衛國家的堅強隊伍，發揮了最大的力量。對全國言，它能使人立志向上，氣度恢宏，奔向光明，頹廢者振作，柔弱者剛強，吾人都應奉為做人處世的圭臬。

全書由一月一日第一篇〈萬象回春，從頭做起〉始，至十二月三十一日最後一篇〈爭取最後勝利〉止，每字每句，用心誠摯，意義深長，讀來感人甚深。像是航行中的指針，指示我們在茫茫大海中，安全的達到彼岸。

中興大學給我記功一次。

我幹軍人二十七年，在興大服務十八年，參與「八二三」台海戰役，「八七水災」重建，駐遍馬祖、澎湖等外島，戰火中出生入死，建設裡辛勞備歷。從一九六〇年起，除奉頒總統忠勤勛章外，截至一九七〇年止，國防部計有景風、寶星、弼亮、金甌、陸光等獎章十枚。一九八七年行政院並授參等服務獎章。十年內獎章十座，甚是榮幸，在這裡告白的不是炫人，而是沾了那個「國之干城」部隊之光。

流光飛逝，年華不再，逾古稀的垂垂八十有三了。往昔種種，算作是歲月旅痕吧！

古今藝文二〇〇四年八月一日

話說從前

月前的一個假日，應邀參加老部隊的退役人員「六三聯誼會」，住在中部地區的，那天到會計七十餘人。這個會成立有年，我是第一次參與，午間在臺中市的一間飯館聚餐，共行話舊。

老部隊是被稱為「老廣部隊」的陸軍師，它源遠流長，在大陸是六十三軍，再改為師，最後縮成兩個團。軍改師是蒞臺之時，再編兩團則是年餘之後。

國防部政幹班第一期在新竹竹北山頂營房集訓，全班十幾個中隊，民國四十年初結業分發部隊，我們基於生活語言的相同，聯合七位申請委派這個單位，很榮幸的順利獲得批准。

當時部隊駐苗栗，過了半年，我們師的兩個團合同另一撥來的一個團成新單位，番號上級重新賦予。原來兩個團是廣東籍，加入的團是山東籍。四十六年首次駐戍金門，參加了名聞中外的「八二三」臺海戰役。

我們初臨戰地，為保密起見，對外命名為「班超部隊」，統一佩戴臂章，入目即知是同屬一個單位，無形中加強了親和力和相互間的照顧。回臺後投入「八七」水災重建，完成中部地區幾條主要河川的堅固堤壩，發揮了防洪護土的最大功效。

廣東部隊，顧名思義，出操、訓練、上課、口令、報告等等全是使用廣東話。雖然間中亦有少數外省人，但都「入鄉隨俗」，在那種環境薰染影響之下，很快融為一體，說的都是粵語。記得有一位湖南人，在師部當組長；一位四川人，當師長隨從參謀，講廣東話比廣東人更廣東。儘管廣東話亦有多種，如客家話、海南話、汕頭話，頗像現今的香港，但仍然是以白話為主流正宗。

緣於不斷的訓練整補，臺籍軍官弟兄相繼加入，而同單位中的師亦有三分一的一個團是講普通話的，「體質」上起了很大變化，因而推行國語為刻不容緩的事。其後規定，私人談話除外，凡是公眾場合，訓練教課，都必須使用國語。

我在這個部隊服務了十八年，甘苦與共，安危相繫，各種演練難以勝數。由南至北，本島外島，住遍金門、馬祖、澎湖，袍澤之間有一份濃得化不開的感情。而培我育我，使我成長茁壯，發給我的一些物品仍在使用中，內心的感念更無時或忘。

撫今追昔，數十年一晃眼過去，那個「老廣部隊」都解甲為民，早已名實皆亡。許多同仁袍澤，凋零星散，只有藉聯誼會不時聚首，共話從前。

二十七師是國軍勁旅，一九五八年的金門「八二三」戰役，屏障台海，厥功至偉。一九五九年的「八七」水災，災後重建，全師投入，官兵辛苦備歷，沒有機具，靠雙手兩肩，築了台中、南投、彰化三縣的幾條主要河川的堅固堤防，庇蔭了許多人的身家性命。儘管歲月遷移，二十七師的名號不次更替，但國之干城，深植嵌記於許多人們的腦海。

流光飛逝，我離它已二十七年，不知它的遞嬗流向，亦聽不到相關訊息。縱使它如地方行政機關的名稱一如舊貫，而世代交替，不斷「充血」，當然早就不再是老廣部隊。

回顧過去，想它捍衛疆土，貫徹國策，立下許多汗馬功勞，我們都以它為榮。往昔共同服務的歲月，細微的點滴都深植回憶，今日能有機會重行聚首，老兵不死，訴述近況，共話從前，頗有「白頭宮女說玄宗」的那種況味。

這個聯誼會，承會長李清判先生的出錢出力，幾位執事，如莫彩南前輩等的不辭煩勞，聯繫邀約，使得以賡續的辦理活動，都令人致以由衷的敬意。

一、聚餐日期：民國八十三年十二月二十五日
二、地點：台中市鑽石樓
三、據說我們老部隊二十七師，即現今之「一二七師」。

一九九五年一月二十四日發表於台灣日報副刊

第二輯

讀閱拾掇

一念之間

讀汪希教授新著《源頭活水》

「八十八年十月，本會印行了汪教授的一本《中華倫理新解》，寄發出去，頗得讀者好評。今年，我們把汪教授新著的《源頭活水》印出來，這是一本人生修養的好書，置諸桌頭，隨時翻閱，有助於我們心靈的淨化」。這是李炳南文教基金會于凌波先生於書前說的話。

《源頭活水》是今（民國八十九）年三月印行的，全書文章五十二篇，每篇六〇〇字左右，文詞簡潔，條理明晰，寓意奧蘊，深入淺出。因是短小精幹，真是可「置諸案頭隨時翻閱」的好書。

汪希教授博學多才，思慮精審，於五十二篇行文之中談「自我」的計有二十篇，由〈談自我〉而至〈慎始〉約占全書百分之四十。每篇的末尾皆作總結一句，一如畫龍點睛，方便記憶，更加深了閱讀者的印象。

〈自律〉是第三篇：「是自己管理好自己的一種工夫」，結語：「人要能學會自己管理好自己」。〈自負〉是第八篇：「自負的人有自信，有豪情，也有期許」，結語：「自負絕不是不智的驕傲」。〈自立〉是第十五篇：「人貴自立」，結語：「自立靠自己的決心」。〈慎始〉是第二十篇：「無論作事、作人、交友，一開始就要慎重」，結語：「有慎重的開始，才有正常的結果」。

「許多世間事，有求於人者頗難，求之於己的較易」，是筆者不久前在〈文化促進健康〉一篇短文中說過的話。汪希教授的〈說自我〉，可以說都是求於自己的。「行與不行」，簡單的說，實在是一念之間而已。

「半畝方塘一鑑開，天光雲彩共徘徊，問渠那得清如許，為有源頭活水來。」是宋代朱熹文公〈觀書有感〉之詩作。何其澄澈光明如此？乃為有源頭活水，周流而不竭之故。汪教授借此作書名，最是妥貼恰當。

與大退聯通訊二〇〇〇年八月三十日

碧玉光芒，靈思湧動——亞嫩《琉璃花》讀後

二〇〇一年十二月九日，台中市青溪文藝協會假北屯路六號召開第二次座談會，新任理事長張壽康先生主持，到會八十餘人，有來自南投、彰化的，濟濟一堂，聆聽會務報告外，相互道好，共話濶別。

《青溪萬古流》第三輯，年初徵稿，編印完成，我寫的〈千禧八十懷親恩〉擺在全書第一篇，大多文友都有力作，印成厚厚五百多頁的一本，主編秦貴修先生熱心盡力，有此佳績，至感敬佩。

亞嫩師姊多時未見，會中相遇，臉色紅潤，開朗健康，承她贈近著《琉璃花》一本，拜讀一過，收穫良多。

《琉璃花》係詩、畫專集，分成五輯，高準教授以〈夢魅與香花〉為序，作者以〈後記〉作結，不少的詩篇我曾再讀三讀，回味無已。

〈山中〉是其中一首：「山中的時光無比的翠綠／靈思湧動閃爍如碧玉的光芒／大自然的微笑多麼體貼／森林浴的享受實在太微妙／啊！我多想留下來／親近山

水的香味／傾聽沙石草木／擁大地會心的聲音」。

大坑是台中市的後花園，亞孅居此，青山綠水，林木青葱，是假日市民郊遊踏青的好去處。有多間寺、廟、宮、觀供人膜拜瞻仰，作心靈的皈依歸附。「碧玉光芒，靈思湧動」，描繪了許多信眾的心念。

亞孅有多首崇拜山、讚美山、祝頌山的詩文，這首〈山中〉寫得最靈秀。

「……栩栩如生的你／靈魂卻已出走／人間與你無緣……低頭埋了你黑鳳蝶／百年流光湧動如昔／我噙下感傷／一聲阿彌陀佛／滿地萬年青的葬禮中／有過一隻蝶的歸去。」這是〈鳳蝶之葬禮〉裡的句子。詩後加註：晨起澆花，看見巴掌大的黑翅綠白斑點的鳳蝶，躺在竹架上。想起人生亦如蝶夢，誰也不知來去何方？

聖壽宮位於大坑半山，祀的主神關聖帝君，（民國八十八年）一九九九年九二一大地震曾有毀損，現已全部重新修復，比前更壯美堂皇。亞孅長年在宮裡奉獻，並主持宮裡出版的《聖然雜誌》編務，成績斐然。

「回顧中國往代，同時能有這樣詩、文、畫三方面成就的才女，卻是很難想得起有誰。」這是高準序中的話。

我與亞孅認識已逾十年，這也是我想說的話。

聖然雜誌　二〇〇一年十二月十五日

追寫《一個人的聖經》和《靈山》讀後感

民國八十九年十二月八、九兩天，《青年日報》副刊登了于野寫的「錯把濟公當廟祝——保真先生差矣」大作，敘述其對保真十一月三日在青副的一篇：〈名過其實的諾貝爾文學獎得主高行健《一個人的聖經》短評〉，洋洋灑灑，條分縷析，謂既「從未認真讀過高行健的作品，而一口咬定他的得獎『名過其實』，就學術的心智精誠言，似難失之武斷。」

媒體披露，二〇〇〇年諾貝爾文學獎得主華人作家高行健十二月五日抵達瑞典斯德哥爾摩，十日將出席頒獎典禮，接受這個全球作家夢寐以求的榮耀。在這關鍵時刻，登出了上開于文，真是抓準熱門，搶盡鋒頭。我對高行健一無所知，未讀過他的任何作品，但他是百年來為中國文學揚名吐氣第一人，無限的與有榮焉。

我家中成員，時有一於高雄任公職，一在基隆充教席，為使他，她趕上時尚有助談資，這麼當令的訊息不致遺漏，特將該文影印分別快遞寄出，並另電話告訴了多位熟稔的朋友。

于文說法人杜特萊十年前翻譯高行健的《靈山》書成，立刻引起文壇回響，將《靈山》與《水滸傳》、《西遊記》比論，而後者是我素所崇仰，極其縈懷的，為探究竟，依導讀的指引，先購《一個人的聖經》再而《靈山》，認真細心的讀了一遍。

聯經出版社印行的前者四八五頁，分成長短不一的六十一章；後者五五四頁，也同樣分成長短不一的八十一章。對人稱使用你、我、他，初頗難適應，再似沒那麼唐突，慢慢成習慣，重看時覺得這樣的變換，對於情節的處理，確有其獨到之處。

為使敘說方便，試將兩本書各濃縮提示重點：

一、鳴放時號召知無不言，言無不盡，言了是後來鬥爭的證據，這叫做「引蛇出洞」。

二、紅衛兵抄家，「舊詩詞是懷念失去的天堂，反黨反社會主義的鐵證」。江西或湖南來的，哭訴當地的集體大屠殺男女老少連嬰兒也不放過，集中在打穀場上，用鋤頭、柴刀、帶鐵釬的扁擔一批批活活打死，屍體扔進河裡，河水都發臭了。

三、黨一旦決定發動一場鬥爭，沒有一個單位不鬥得你死我活，誰都怕給清理了。一個人是革命同志（有二十六個等級），還是牛鬼蛇神（分為五大類）……。黨中央委員會的政治局和書記處內那幾十個成員你死我活的鬥爭，導致多變的政策由此下達，一個人的名運便莫名其妙由此決定，比《聖經》的預言要準確一萬倍。未出生前父買過一枝槍，資料可載入數十年後兒子的檔案。

上（右）開的三段，是從《一個人的聖經》裡摘列的。

一、巫師差人來要木匠老頭做一個「天羅女神」頭像，要供奉到神壇上。來人送一個活鵝算是定錢，他要是臘月二十七日做好，就再給他一罐米酒，半片豬頭，正好夠他過年。他接受下來，陡了驚淋了一下，他知道觀音娘娘主生，天羅女神主死，主神是來催他性命的。果然刻好女神像，便不明不白死了。

二、他問靈山在那裏？「有個鬼的靈山呦！那是女人求子燒香的地方。」他在烏依鎮的河那邊來，問老者靈山在何處？老人說：「靈山在河那邊，就在河那邊。」（這似乎正合詠靈山的一首詩：「佛在靈山勿遠求，靈山即在汝心頭，人人有個靈山塔，好向靈山塔下修。」）

三、「我不知道什麼也不知懂，還以為我什麼都懂。……裝做要弄懂，卻總也弄不懂。我其實什麼也不明白，什麼也不懂，就是這樣。」

第三是《靈山》的最後幾行。

除了《一個人的聖經》、《靈山》兩部長篇巨構上面所摘的外，需要補充的，是前者「情慾的放縱，享用過的少婦林、少女蕭蕭、毛妹、小護士、學生孫惠容、逃難邂逅的許倩，旅行時遇見的法國、義大利、德國的外籍女子。」描繪得淋漓盡致，刻劃入微。後者著墨多是旅遊見聞，奇山異水中國大西南僻隅的民情風尚與宗教信仰。

另外，《給我老爺買魚竿》短篇小說集和《八月雪》劇作，我也涉獵了一遍。我讀了高行健的著作，大陸那邊要封殺他不准發行，並謂更有資格獲獎的至少有兩百人，不覺意外。這邊的張曉風說，台灣文壇，至少有五位超越高行健。北港香爐的女作家說：「高行健得獎，是乳房的勝利。」

瘂弦：「二〇〇〇年的諾貝爾文學獎給了中國作家，嫌晚了；給高行健，卻稍嫌早了點兒。」彭歌：「《一個人的聖經》裡確有些段落赤裸的可觀。若說文學的要素祇在語言藝術，無需顧及道德影響，寫作的自由可以擴大到放縱自我的程度，似乎是過分了些。」

這些論述，也確具見地，各有所本。

高行健在台灣演講，人問其情慾放縱任性描寫的動機，他只避重就輕地說：「不喜歡的話，逕自跳過這些章節吧！」我閱讀時，確有些是間隔的，原因是情節的不連貫，沒有引人且看下回分解的那種切盼。若說其可與《水滸傳》、《西遊記》比論，實在是高舉。

「《靈山》於一九九〇年由聯經出版公司在台北印行，十年的發行量，不及獲獎的一個月，堪稱一夕成名，洛陽紙貴。」見沈謙民九十年五月十九日聯副〈尋訪靈山〉一文中，足證我上開說的「高舉」不虛。

最後，高行健自認是個無神論者，但被判已染患癌絕症的最後那次胸照殷盼出現奇蹟，不經覺默唸「南無阿彌陀佛」，果而絕地逢生，陰影消失。這或是巧合，然而「神」似植於我們每一個人的潛意識中。

青溪雜誌二〇〇二六月一日

讀巴金的《隨想錄》

巴金於一九七八年十二月一日，發表第一篇〈談《夢鄉》〉，一九七九年一月二日，第二篇〈談《夢鄉》〉，敘述日本這部影片在中國放映後社會發生的正反面情形。由於影片暴露了許多不法流氓及黃色的鏡頭，有人憂心忡忡，恐會帶來不良效應，但巴金肯定片中表現的「深入生活」的真實感情，頗值得我們學習。

由第一篇至翌年八月十一日的最後第三十篇，歷時計九個月，相隔日數不定，像是隨筆，因而定名為《隨想錄》（第一集）。他在後記中說：「《隨想錄》其實是我自願寫的真實的『思想匯報』，我願向讀者說真話。」

「真話」講得最多的是十一年文革所受迫害的情形。

「懷念蕭珊」，由十三頁至二十九頁，分四個階段，是集中最長的一篇，追悼他愛人妻子的亡故慘狀。因為他的緣故，所以她變成「黑老K」的臭婆娘，挨打、掃街，患病得不到治療，腸病變為肝癌，走後門住院不到三週便死了。一九七二年僅五十六歲。那時他在「五七勞改營」的「牛棚」裡改造，受到林彪、「四人幫」及其爪牙的監控，以致未能給她照應。痛苦愧怍，難以言宣。

蕭珊原是他的一個讀者，比他小十三歲，一九三六年第一次在上海見面，一九三八年和一九四一年兩次在桂林像朋友似地住在一起，一九四四年在貴陽結婚。他認識她時她尚不到二十歲。她讀他的小說，給他寫信，後來見面發生了感情。

「生活是藝術的源泉」，《紅樓夢》雖不是作者的自傳，但總有自傳的成份。倘若曹雪芹不生活在這樣的家庭裡，接觸過小說中那些人物，他怎麼能寫出這樣的小說？他到那裡去體驗生活，怎樣深入生活？這是巴金在「文學的作用」中的一段話。

《家》是巴金的一部小說，一九三一年寫的，其後續寫《春》和《秋》，稱為「激流三部曲」，掀起一陣旋風，在學校中形成熱潮。不久之後我上中學，雖在偏僻山區裡的縣份，仍受餘風所及，引起效應。巴金父親在四川廣元縣當縣長，他們家是一個封建大家庭。他六、七歲時，便不時「參觀」父親審案。因而他說：「我缺乏寫自己所不熟悉生活的本領——正是我的寫照」。那麼「三部曲」的所本，就可推知大概了。

「文化大革命」的十一年，是一個非常的時期，鬥爭十分尖銳、複雜，而且殘酷，人人都給捲了進去，每個人都經受了考驗。巴金說這個時期我本來可以走上自殺的道路，但我的愛人蕭珊在我的身邊，她深厚的感情繫著我的心。因為「四人幫」要把我一筆勾銷，給我種種結論。想起十一年來一個接一個倒下去的朋友，同志和陌生人，慶幸自己逃過了那位來不及登殿的「女皇」的刀斧。

回顧三十年代的上海，國民黨統治，出現了繁花似錦，文藝活躍的局面，而「四害」橫行的時刻，卻「一花」獨放，一片空白，大多數作家、藝術家或則擱筆改行，或則給摧殘到死！

一九七九年一月十二日〈毒草病〉這一篇：「我最近寫信給曹禺，信內有這樣的話：『希望你丟開那些雜事，多寫幾個戲，甚至寫一兩本小說（因為你說你想寫一本小說）。……你少開會，少寫表態文章，多給後人留下一點東西。』」

寫到這裡，有兩點題外話要說。第一：《經典與生活》是龔鵬程博士今年三月新著，其中一篇〈才盡〉，描敘曹禺能演能寫，二十三歲寫出了《雷雨》，三十一歲完成了《北京人》，無疑是天才之作，後來的劇本按理說應越寫越好，但每下愈況，當與年紀大了有關。現讀巴金上開所言，曹禺後來的表現，與年齡毫無關係。

第二：最近讀大陸余秋雨教授所寫的《文化苦旅》，九十年代在台出版，他在後記中說：「也許沾了巴金先生主編的《收穫》雜誌連載的光吧，《文化苦旅》一開始兆頭不壞，北京、上海、天津、廣州等地的七家著名出版社和海外出版公司都寄來出版約請。」這當然因它內容豐贍，文筆流暢，能吸引人。另一方面，可能也拜文學大家巴金主編之故。

巴金，本名李堯棠，一九〇四年生，一九二七年第一次到法國求學，隔了五十二年的一九七九年重訪。他一九四七年八月曾來過台灣，「南國的芳香使我陶醉」，本有到風景如畫的日月潭一遊的計劃，惜以大雨沖毀了公路未能成願。（註）

《隨想錄》的三十篇文章之中，有七篇是寫重訪法國追陳或憶舊之作，有九篇是悼念那些文革被整的文人。這些被整人值得追念的事跡，或仍未能平反的遺憾。

最後，《隨想錄》講說真話，我拜讀完了，他說的確也是真的。「文化大革命」的那十一年，被害的人數，毀滅固有的優良文化，是中華民族亙古以來不曾有過的殘酷。巴金再再呼號，口口聲聲都說是林彪、四人幫造成的。但事實恐非如此，他們不過是被利用、操控、指使的傀儡罷了。早請示，晚匯報，跳忠字舞，剪忠字花，背誦的是毛語錄。巴金隱諱不敢直指實情，點出那真正的幕後魔手，白圭之玷，瑜難掩瑕。

註：民國九十一年十一月二十七日《聯合報》副刊載王聖貽寫：〈我的李伯伯巴金〉一文，謂日前歡度九十九歲壽辰的巴金，原名為：李芾甘。

與大退聯通訊二〇〇二年九月二十五日

讀楊絳的《我們仨》

一九三五年七月，錢鍾書與楊絳結婚後，同到英國牛津求學。錢是我國的庚款公費生，楊指望考入清華研究院，可以公費出國，居然也考上了。

當時在牛津的中國留學生，大多是獲得獎學金或領取政府津貼的。牛津有一位富翁名史博定，他弟弟K．J．是漢學家，專研中國老莊哲學，史勸錢放棄中國獎學金，放棄文學，改行讀哲學，做他弟弟的助手。他的口氣，中國獎金區區不足道，錢立即拒絕了。

牛津的假期相當多，鍾書把假期的全部時間投入讀書，也是楊最用功讀書的一年。考試完了，同到倫敦、巴黎「探險」（旅遊）去。

一九三六年錢接到政府當局打來的電報，派他做「世界青年大會」的代表，到瑞士日內瓦開會。在巴黎時，一位共產黨員也請楊當共產黨代表同行赴會。兩夫婦一代表政府，一代表共產黨。在開會時，共黨方面代表的英文講稿，都是鍾書寫的。錢在牛津一年，順利取到學位，他倆在巴黎大學註冊，成為巴黎大學的學生。

鍾書在巴黎的這一年，自己下功夫扎扎實實地讀書。法文自十五世紀的詩人維容讀起，到十八、十九世紀，一家家讀將來。德文也如此。他每日讀中文、英文，隔日讀法文、德文，後來又加上義大利文。

一九三七年女兒錢瑗出生。家事、國事都令他們焦慮。一九三八年八月坐船回國，出國留學計共三年一個月。鍾書到香港即上岸直赴昆明西南聯大報到，楊絳母女返回上海。

一九四一年十二月珍珠港事變，上海淪陷，他們住在那裡，生活很是艱苦，終日辛勞都為柴米，靠束脩過活，貧病交迫，是最沒出息的日子。勝利後始獲改善。

朱家驊曾是中央庚款留英公費考試的考官，很賞識鍾書，常邀請鍾書到家便飯——沒有外客的便飯。朱有許過他一個聯合國教科文的職位，鍾以「那是胡蘿蔔」，立即辭謝了。鍾每月要到南京匯報工作，早車去，晚上老晚回家。一次他老早就回來了，他說：「今天晚宴，要和『極峰』（蔣介石）握手，我趁早溜回來了。」

勝利後的歡欣短暫，接下來是普遍的失望，「人心惶惶」，鄭振鐸先生、吳晗同志，都勸錢、楊安心等待解放，共產黨是重視知識分子的。

解放後，中國面貌一新，一九四九年夏，他倆夫婦得到清華母校的聘請，於八月十四日攜帶女兒由上海登上火車，二十六日到達清華，開始在新中國工作。鍾書到清華一年後，調任毛選翻譯委員會。錢瑗原在上海讀了一年初中，到清華附中插班時，學校要她從一年級起。放棄不讀，楊絳自己教，二年後考上高中。

一九五四年底，毛選翻譯委員會工作告一段落，鍾書被調至古典文學組選注宋詩。一九五一年冬，三反運動開始，是舊知識分子第一次改造運動，要他們好好學習一番再「洗澡」，忠誠老實交代一切該交代的問題，他倆依著規矩過關。一九六四年起，錢是英譯毛主席詩詞的小組成員。文革打斷十年，一九七四年繼續直至毛詩詞翻譯完畢。錢同兼任了「唐詩選注」。

三反之後，號召鳴放，鍾書曾到中南海親耳聽到毛主席的講話，覺得是真心誠意的號召鳴放，並未想到「引蛇出洞」。但多年後看到各種記載，聽到各種論說，方知是經過長期精心策劃的事，使人對「政治」悚然畏懼。

鳴放後不久，發動反右運動，大批知識分子打成右派，錢、楊沒有一言半語的右言論，也就過了厄運。下放時，錢、楊及女兒三人分散三處，各別被放下鄉看畝產萬斤稻米的田、工廠煉鋼，「三年飢荒」即已開始。

「文化大革命」開始的這年八月間，錢和楊先後被革命群眾「揪出來」，成了「牛鬼蛇神」，女兒錢瑗回來看父母，先寫好一張大字報，和「牛鬼蛇神」的父母親劃清界線。「牛鬼蛇神」沒有工資，每月只發生活費若干元，生活很緊，眼淚只有往肚裡嚥。

一九七三年，他倆走出「牛棚」，使少被欺負，共同逃到北師大，錢瑗學生時期住的宿舍，三樓朝北，狹窄髒亂。寒天匆忙搬家，清掃灰塵，錢感冒引發哮喘病。他們的醫療關係，已從「鳴放」前的頭等醫院逐漸降級，降至街道上的小醫院，醫生給點藥吃，並不管事。

一九七四年一月，「批林批孔」正值高潮，錘書的病愈來愈重，囚首垢面，舌頭變大，說話不清。走了許多門路始獲診斷，因哮喘，大腦皮層缺氧硬化，無法醫治，只能看休息一年後能否恢復。

一九七六年十月六日「四人幫」被捕，振奮人心。十一月二十日，楊譯的《堂・吉訶德》上下集八冊全定稿。錘書的《管錐論》初稿亦已完畢。他前出版的小說《圍城》甚獲清譽，心情愉快，健康日有進步。一九七七年二月四日立春，得胡喬木之助，配給了高級宿舍，兩人住四個房間，即現住的三里河南沙溝寓所。他倆喜出望外，他們的朋友得知消息，亦為他們高興。

自從遷居這新寓所，好像跋涉長途之後，終於有了一個家，可以安頓下來了。女兒錢瑗，周末也可以回家父母身邊住住。以前住辦公室只能容他們小倆口來坐坐。

鍾書的小說改為電視劇，他一下子變成了名人。許多人慕名遠道而來，要求一睹他的風采。每天收到許多不相識者的信，他每天第一事是寫回信，他稱「還債」。他下筆快，一會兒就把「債」還「清」。

他並不求名，卻躲不了名人的煩憂和煩惱。

鍾書於一九九四年夏住進醫院，錢瑗一九九五年冬住進醫院。一九九七年早春錢瑗去世（六十歲），一九九八年歲末鍾書去世（八十七歲），「我們仨」就此失散了。「世間好物不堅牢，彩雲易散琉璃脆」，現在，只剩下我（楊）一人。

總括上文所列，是楊絳於二〇〇三年八月二十五日以九十二高齡出版的《我們仨》回憶錄的概要。書分三部，前兩部寫夢，第三部記述她一家三口六十多年的家庭生活。

從陳述事實中，作者對「下放」、「洗澡」、「住牛棚」、被定為「牛鬼蛇神」，默默承受，似乎都認為命該如此。張讓先生評以：「幾乎欠缺任何反省或批判時代的知性成分，尤其今天竟還不免歌功頌德的詞句，著實令人訝異」（見《聯合報》民國九十二年十一月九日〈讀書人．出版線上〉）。確是持平之論。

本書出版後，頗為暢銷。文字洗鍊，鋪陳有序，平實之中見真情，我反覆讀了三遍，印象深刻。

有人著書稱錢鍾書為民國第一才子。他是領公費出國留學的，學成歸來，很受器重。個人以為：如其不捨棄而追隨政府來台，當被重用，那他的境遇和遭際，定不可同日而語了。

二〇〇三年十一月十三日

十二生肖——讀柴扉的第九本散文集

今年，民國九十三年（二〇〇四），歲次甲申。申屬猴，又稱猴年。新年伊始，祝大家快樂健康。

十二生肖也叫十二屬，就是以十天干的甲、乙、丙、丁、戊、己、庚、辛、壬、癸，配十二地支的子鼠、丑牛、寅虎、卯兔、辰龍、巳蛇、午馬、未羊、申猴、酉雞、戌狗、亥豬的十二種動物，循環而進，六十年一輪轉，因而生生不息。

這種干支記時，順次遞嬗，依序向前，較西元以數字表示，似較繁雜，但西元至今僅二千零幾年，而我國自四千七百多年前的黃帝起，便以干支相配，東漢以後，更延伸至年月日時，比西方先進甚多。

《十二生肖叢談》，是柴扉新近出版的一本文集，計分三輯，第一輯：十二生肖；第二輯：抒情散文；第三輯：旅遊記勝。先說首輯。

民國七十三年，歲次甲子，〈從鼠年郵票談起〉，敘說我國郵政總局幾年來均以十二生肖為圖案，提前發行新年郵票，以應公眾郵寄賀年卡之需。今年年肖屬鼠，以老鼠為圖案，發行一套郵票，彩色艷麗，甚為人們所喜愛，發表於七十三年二月三日《中央日報》副刊。中副在當時享譽文壇，獨領風騷，披載其上，自是普受肯定。

七十四年，歲次乙丑，〈從牛的本性談起〉，傳說正月初九是玉皇大帝的生日，祂為要排定十二生肖的次序，供人們計算年代和屬性，便發出一道命令，叫所有的動物那天前來報到，按照報到順序以定先後。牛本是報到第一，只是在渡河時好心帶了一隻鼠，被牠搶了先機反屈居第二。

關於牛的童話故事，我小時也聽過一個：話說所有動物當初都會說話的，牛被人驅使耕田，受盡苦辛，特意躲避，卻為蟹偵知向人告密，牛被抓回罰在下顎燒艾。蟹被牛報復狠狠在殼背踩了一腳，皆留下顯明印記，因而都不會說話了。

七十五年，歲次丙寅，〈虎虎生威迎虎年〉，老虎雖然兇猛，然善於伏虎的人，亦大有人在。《孟子．盡心篇》記載：「晉人有馮婦者，善搏虎，率為善，士則之」。水滸傳裡的武松景陽岡打虎，成為該書最精彩的一段。世說新語載：晉人周處力過人，無惡不作，與南山虎、長橋下蛟，並稱三害，後來他殺虎、擊蛟、勵志為善，累官御史中丞。敘陳有典有則，發表於七十五年二月十五日的台灣日報。

七十六年歲次丁卯，〈見兔顧犬機不失〉；七十七年歲次戊辰，〈細說龍的真面目〉；七十八年歲次己巳，〈蛇年談蛇的種種〉……八十四年乙亥，〈豬的掌故和詞語〉等，都有詳盡的刻劃與描繪，文筆生動，語詞鮮活，娓娓道來，引人入勝，每一篇都是好文章。

從七十三年至八十四年共十二年，各按歲屬的相異撰寫發表於不同的報刊，將相關的歷史、傳說、典故、成語、習性以至說文解字，搜羅詳盡，苦心焦思，終始一貫，全神凝注於每字每句，真是個有心人。

第二輯散文計十七篇，倒數第二的〈凍頂茶香飄鹿谷〉，他居於斯，教於斯，寫得最是透徹詳盡。凍頂茗茶是最好的茶，享譽中外，其名「凍頂」，乃因產於凍頂山，海拔七百四十公尺，年平均溫攝氏二十度，黃土地質，終年多霧，加以雨量、陽光種種條件的配合，故製出絕佳的好茶。「鹿谷本是桃源境，千徑幽莖萬壑茶，綠遍山岡香滿谷，人在山水畫圖中」。他這一首〈鹿谷即景〉，可說是真實的寫照。

倒數第一篇〈泉路憑誰說斷腸〉，是悼亡妻簡金錯夫人的百日祭文，哀悽悲戚，讀來傷感。「發病到辭世，前後僅十八天。走前三天，始知是患了不治之肝癌。」四十八歲的壯年，遽便永訣，確是「彼蒼者天，曷其有極！」

筆者老伴容德仙女士，亦以肝硬化之疾，於九十一年十月病逝台北三軍總醫院，享壽七十八歲。在現人壽普遍延長下應可多活幾年，同因罹了惡疾致而亡故。我在訃後附寫〈折翼單飛〉悼念及輓以「逾五十年赤手持家，卿死定難如往日；超八旬人白頭永訣，我生諒亦不多時」外，並撰〈陪住三總的那段日子〉一文，敘述我與兒孫們悲慟哀哭難自已的經過。

第三輯〈旅遊記勝〉，收文由〈神女峰的故事〉至〈漓江夜晚看魚鷹〉共九篇。這些涉歷之地，我大都到過，如長江三峽、沙市荊州、武昌漢口、虎丘點頭石、桂林陽朔等，不過我當時是隨旅遊團同行，一大隊人嘻嘻哈哈，勝景如過眼雲煙，入目一瞥，沒有深刻印象，未留痕爪。

「曾經滄海難為水，除却巫山不是雲」，是第一篇〈神〉文的起首語。經他引伸注釋，這我皆看過的「滄海的水、巫山的雲」，就沒他那種深刻而強烈的感受（我住過馬祖三年，那裡的霧，當它季節到來時，鋪天蓋地，排山倒海，密密層層，飄若雨絲，令人難以忘懷）。「一枝穠艷露凝香，雲雨巫山枉斷腸」，到底楚懷王如何夢遊高唐？如何巧遇神女？如此一提，不免無限遐想。

〈沙市荊州半日遊〉，他是坐腳踏三輪車去的，應是時間短暫，所見有限才是，可是他寫得那麼詳審深入，兩地的史跡人物：如關雲長與荊州、宋玉的〈高唐賦〉、〈神女賦〉，追懷憑弔，所有著墨，都發人思古幽情。

柴扉，本名柴世彝，湖北蘄春人，教國文於南投鹿谷中學。我們都是文藝愛好者，六、七十年代，常在文協會舉辦之各種座談與旅遊聚首，相知深相談歡。民國七十五年八月，他寫了一篇〈航行的指針〉，對我出版的前三本書作評述，刊載於中國語文月刊。他現已退休，然仍思路敏捷，文彩生花，筆耕不輟，令人敬佩。

興大退聯通訊二〇〇四年一月一日

讀閱拾掇

一、鄭振鐸於一九三二年六月在北平出版他四大本六十四章的《插圖本中國文學史》，其第三十六章〈江西詩派〉中引述這一派作家的精神。有謂：「陳無已平時出行，覺有詩思，便急歸擁被，臥而思之，呻吟如病者，或累日而後起。亦有說陳無已每登臨得句，即急歸臥一榻，以被蒙首，惡聞人聲，謂之吟榻。家人知之，即貓犬皆逐去，嬰兒稚子亦抱寄鄰家，待他詩成，乃敢復常。」

這和唐詩人賈島的驢上吟詩，李賀的「嘔出心肝」的情形無殊。他們這樣認真的做著，一點不苟且，一步不放鬆，真是以整個生命赴之，故乃卓然有成。

該著文字洗鍊，行文婉麗，描繪生動，敘述詳審，語彙廣博，考證細密，感情真摯豐富，評旦中肯客觀，對詩、詞、曲及戲劇（如湯顯祖的牡丹亭）著墨甚多。不具實力者曷克臻此？

二、楊絳於二〇〇三年八月二十五日，以九二高齡出版的《我們仨》回憶錄，敘述她與夫婿錢鍾書及女兒錢瑗生活的種種。其附錄一寫《圍城》的錢鍾書，楊說：「他考大學，數學只得十五分；在牛津時，古文書學科不及格，只好暑假後補考。」這被稱民國第一才子的，或出許多人的意外。

前清華大學校長沈君山在報上自述，他因微積分一科，大學讀了六年，亦有一位大學讀八年的。張健教授是名學者，考研究所三年才錄取。另一位在文學與文化事業響叮噹的人，他說他考大學考了四次，最後一次是當兵後獲退除役軍人加分才上榜的。

三、中國文壇巨匠巴金，二〇〇三年十一月二十五日滿一〇〇歲，最近由其女兒李小林在上海《文匯報》發表十年未竟的文章〈懷念振鐸〉，文長四千多字。該文發筆於一九八九年春天，但因身體不適未能寫完。一九九八年底，巴金在女兒的建議下，取出未竟文由他口述，女兒記錄，斷斷續續每天口述半小時。中途曾陷昏迷，醫院救治維持四年多平穩幸得完成。

文章共六部分，其中部分如：「振鐸有幸未受到這種恥辱（按、指文革）。他（振鐸）即使活到文革，也過不了那一關。站在批判台上，造反派逼我承認自己從未說過的假話。我低頭彎腰承認了他們編造的那一切胡語，這樣我才可以順利過關。」

鄭振鐸是福建長樂人，是作家、文學評論家、文學史家、考古學家，參與過五四運動，任中共中國科學院考古研究所和文學研究所所長，文化部副部長。一九五八年十月，鄭振鐸率文化代表團出訪阿富汗，因飛機失事殉職。

四、《女王與我》，是《林家次女》林太乙（一九二六——二〇〇三）所寫最新出版的一本散文著作，她在序文中引述其外子黎明的話：「好像人生的過程就是個『追』字。小時候追媽媽；入學後追同學、追球、追分數；長大後追學位、追女朋友；畢業了追求事業、追趕交通車、追同事；結婚了追隨上司、追求升級、追求儲蓄。……現在我們追到子女身邊，不必再跑了。現在輪到他追的時候了。人生不過是這麼回事。」

「人莫樂於閒，非無所事事之謂也。閒則能讀書，閒則能遊名勝，閒則能交益友，閒則能飲酒，閒則能著書。天下之樂，孰大於是。」她轉引張潮之說。「樂於閒」說得真好，深獲我心。

全書分六輯，其最後一輯〈孺幕、尋根〉，寫〈憶父親〉及〈尋根之旅〉，原載《文訊月刊》及《聯合報》。描敘家世及其父林語堂（一八九五——一九七六）文學方面之成就，分別在兩岸——台北與故鄉福建都由政府設紀念館，目前尚未有人過。

林太乙於二〇〇三年七月五日因胰臟癌逝世，而書則於同年十二月出版，何能作序？綜覽全卷，得知乃她生前編妥書稿，寫好序文，交其夫婿黎明先生作出書用的。

與大退聯通訊二〇〇四年三月二十日

何其平凡　鑑往知來

就我的經驗來說，最好的補藥莫過於運動。從學生時代到現在，我沒有停止過運動，因此沒住過一天醫院。這是何凡著《何其平凡》散文集中，〈運動最補〉篇的幾句話。

「人到了退休年齡，應退下來，但是卻『休不得』。」、「快樂的主要原因是健康，健康的主要原因是運動」，這是平實至理之言，同見於上述一文中。

何凡，本名夏承楹，民國前二年生。民國三十七年與妻子林海音攜子女遷台。民國四十二年起於《聯合報》副刊執筆「玻璃墊上」專欄，歷三十年共五千五百篇，五百萬言。

《何其平凡》，民國九十一年二月出版，當時他已九十三歲。本書共分四輯，計：（一）浮生篇；（二）友情親情篇；（三）社會篇；（四）運動篇，共為文三十一篇。孫震寫序〈淡泊名利，樹立典型〉，仿如「跋」的附錄〈「平凡的典型——何凡其人其文」，亮軒執筆。由三民書局出版，我購讀一遍，獲益良多。

北京一直是兵家必爭之地，而北京人也因此養成逆來順受的個性。奉軍、晉軍、西北軍等外地口音的軍隊皆曾統治過北京，加上明、清兩朝數百年的君臨，因襲而成。於戰況緊張時，有「治安維持會」之設，告訴交戰兩軍不要進行城市爭奪戰，要多少錢糧一律照送，似此後門送出敗兵，前門迎進勝將。瑞典漢學家馬悅然教授近在聯副寫的〈一九四九年舊事〉，四川成都國共之戰，也是如此。

鏈黴素、盤尼西林救了他二女祖麗之命，後者也救了我的兒子雲飛。民國三十九年五月，由海南初抵台灣未久，我隨軍官隊住嘉義鹿草，家屬則寄居竹崎，飛兒久燒多日不退，亦是注射一支盤尼西林始救性命。

何凡說：民國三十四年我同時主編北平《華北日報》和《北平日報》副刊，在後者副刊上開始寫「玻璃墊上」專欄，當時忙得沒時間寫篇名，由於編輯桌上有一塊玻璃桌墊因以為名。我的第一篇投稿文章〈士兵生活〉，載於民國三十四年的廣州大光報，無稿費，因揭部隊裡的種種汙點，佚名也。

「一個文人只要維持頭腦清醒，體能適當，他的寫作壽命就可延續下去」。這是以他自己為例。大陸文壇巨匠巴金，近期慶祝九十九歲生日，足可佐證。

《何凡文集》可稱之為民國四十年至七十年，在台灣的庶民生活史。「切身事物，親切近人」，一篇篇看，彷彿都出自一般老百姓肺腑之言，合起來看，真的可以鑑往知來。這是亮軒的話，個人體認，也確是真切之言。

青溪雜誌二〇〇四年七月一日

門外談門內

第二十六屆「聯合報文學獎」新詩大獎，於二〇〇四年九月十七日在聯副刊登「新的典型正在形成」決審紀要。這次參選來稿計有五百二十五位，初審後進行複審，選出十一位步入決賽，競取大獎一名及評審獎二名。

決審委員由林泠、焦桐、楊牧三位名家擔任，推選後者為主席，經過幾次投票討論，結果以〈近況〉、〈船長之歌〉及〈南方的甘蔗林〉分別獲選。第一名的「近況」同於當天副刊披載，決審獎的二名則於同月的十九、二十日次第在同版刊登。

這些近二百選一，經過再再篩汰始出檯面的作品，自是千錘百鍊，擲地鏗鏘的最好詩篇。我抱著虛懷虔誠之心欣賞拜讀。惟是輾轉迴環，反覆再四，看不出、理不通，亦體會不到它的好處來。我閱讀的理解自認不太低落，怎會有如此情狀？想定是在某一方面有未逮之處。

苦思無策，再看評選者的意見。林泠認為：詩最重要的條件是創新，不論是詩的聲音還是詩的感性、策略、價值觀或者組合。楊牧則以：社會要求文字要有許多創造力，也出現非常罕見的詞彙，有許多非常專業的專有名詞開始出現在詩句中，而這些專有名詞並非一般人所知，譬如他自己在閱讀時就查了很多字典，才能了解它們的意涵。

這就難怪了。因為要不同流俗的創新，所以另用詞彙、別出蹊徑，製造許多晦暗、冷僻、生澀難以捉摩的語詞，要人去推敲揣度，也難解出一個所以然來。專有名詞非一般所知，詩評大家也要查很多字典才能了解，就難怪了。

《九歌雜誌》第二一六期於一九九九年三月十日出刊，其第二版有個「北島作品展」專欄，推介他四本書，序言謂「屢獲諾貝爾文學獎提名」，我想他將來總會有一天可能會實現獲獎，三月二十二日劃撥購了一本《午夜歌手》，四月二日寄來。

這原來是一本新詩，李歐梵教授為他寫序，讚譽有加，推崇備致。我細看內容，實難進入其中情境，一再勉強去深思體會，冀能與作者共鳴共感，可是沒用。

〈早晨〉一首，見二〇四頁：「那些魚內臟如燈，又亮了一次　醒來口中含鹽／好似初嘗喜悅　我出去散步／房子會傾聽　一些樹轉身／某人出了英雄　必須用手勢問候／鳥和打鳥的人」。

這「早晨」中「樹轉身」，可能是指早上的新聞，其他都摸不到邊。以〈無題〉為題的即有九篇，莫測高深，如何去琢磨？買它，實不知它是新詩也。

「李杜詩篇萬口傳」（清、趙翼論詩），它的首要條件是人看得懂，有所領悟、感受與思考，然後才可口誦心惟，否則怎傳開去？

大文學家梁實秋的《雅舍小品》，其〈詩人〉一篇中，有以下的一段話：「『一顆沙裡看出一個世界，一朵野花裡看出一個天堂，把無限抓在你的手掌裡，把永恆放進一剎那的時光。』若是沒有一點慧根的人，能說出這樣的鬼話麼？你不懂？你是蠢才！你說你懂，你可擠身風雅之列。你究竟懂不懂，天知道。」

我對新詩是門外。門外談門內，所言或待商榷，祈請方家指導。

附：本文寄出前，曾請文友詩人燕泥過目，他說文中所敘，正是他要講的。刊後轉寄詩人秦嶽，古今藝文社長瞿毅及逢甲大學總教官吳平常上校。同村的胡琴老師王建功先生幾次來電，讀後深具同感。

興大退聯通訊二〇〇四年十一月一日

命定？

讀章詒和的《往事並不如煙》

一八九八年的清光緒二十四年，歲次戊戌，八月初六的皇朝維新黨康有為、梁啟超等變法失敗，西太后慈禧臨朝聽政，榮祿當權，光緒皇帝被囚，派人追殺維新黨，尤其領導份子的頭頭康有為為第一目標，千鈞一髮，機緣巧合，於必死無疑中驚險度過，有人認為歸於命運，康有為更深信不疑。後來他對家人說，這次脫險有十一個可死的關口（註），只要碰上一個就沒命了。

據章詒和二〇〇五年出版新著《往事並不如煙》一書中（頁次二八四）引述有為女康同璧的話：「1．假如皇上不催他立即離京，那一定死定了。2．假如西太后的政變早一天發生，那一定是死定了。3．假如遲一天出京，那就會在南海館被捕，一定死定了。4．假如天津住客棧，搭不上輪船，那一定是死定了。5．假如乘的是招商局的海晏輪，英國領事館的人就無法救他，那一定死定了。6．假如追他的飛鷹兵艦不是因為缺煤折回天津，那一定是死定了。7．假如煙台道不外出，接到電報就派兵截拿，那一定是死定了。8．假如那個英國人不派兵艦護送，半路被截那一定是死定了。……有這麼多的死關口而不死，不是冥冥中有鬼神護佑是什麼？我說這就叫命運，叫命定。每個人都有自己的命。」

康有為說可死關口有十一個，其女列舉出上面八個例，證明言之不虛，事實就是如此。

美國財經雜誌《富比世》（Fonbes）二〇〇五年全球富豪榜日前出爐，三月十二日報載台灣今年有七人上榜（去年十人），第一名為鴻海科技董事長郭台銘，以三十二億美元（約台幣九百八十二億元）的身價排名第一百七十。

〈抗癌三年，郭台銘夫人過世〉的新聞，緊跟著次日的三月十三日在報紙的同一個版面。郭台銘與林淑如是年輕時在板橋某家藥廠打工認識，當時林淑如擁有台北醫學院傲人學歷，郭台銘只是念專科的小伙子，憑毅力追到林淑如。

郭台銘的白手起家，出身富家的林淑如也毅然為了愛情，不顧父母反對，嫁給當時還一文不名的人。在郭創業最辛苦時，林甚至一度回頭向父母調頭寸，是郭除自己母親外，另一位最感激的女性。

林三年前發現乳癌後，一直與癌症及併發症搏鬥，去年底住進台大內科病房，上個月病情惡化，因乳癌細胞轉移肝肺，卒而不治，年僅五十五歲。

一對惺惺相惜，共同創出炫人的成就，如果是命，那一個英年早猝逝，實天道有虧了。

《往事並不如煙》的作者章詒和，父親是章伯鈞，乃是四、五十年代鼎鼎大名的黨外人士。「往」書的六篇故事，一個時代的側寫，為時代留紀錄。這一批人：儲安平、張伯駒、聶紺弩、羅隆基等左右不討好，是國民黨口中的「中共同路人」，共產黨口中的「倡狂右派份子」。

章伯鈞留德，羅隆基留美，都是高等的知識份子，如果在學術方面發展，必極有成績，只是醉心政治，追求官位，乃有如此下場。

「反右」、「文革」時許多人為了自保，檢舉、揭發，夫妻也劃清界線，他人就無論了。人性悲哀，莫此為甚，但本書行文亦有輕快妙筆，試摘錄〈最後的貴族〉中的二小段：

陪客的康同壁穿得很講究。黑緞暗團花的旗袍，領口和袖口鑲有極為漂亮的兩道條子。條子上，繡的是花鳥蜂蝶圖案。那精細繡工所描繪的蝶舞花叢，把生命的旺盛與春天的活潑都從袖口、領邊流瀉出來。

羅儀鳳（康同壁女）為這次會晤，可算傾囊而出。單是飲料就有咖啡、印度紅茶、福建大紅袍、杭州龍井。另備有乾菊花、方糖、煉乳。一套金邊乳白色細瓷杯碟，是專門用來喝咖啡的；幾隻玻璃杯為喝龍井而備；吃紅茶或品大紅袍，自是一套宜興茶具。

上段穿著的刻畫，下段喝飲的鋪排，是在最困苦的時刻，能如此信手拈來，周緻細密，著是好文。

作者坐牢十年，身所受害有切膚之痛，筆如行雲流水，四百多頁的一部巨著，享譽兩岸，實非偶然。

註：關口，原文是機會，前後共三個。按機會是「機時際遇」，步入佳境之意；而涉險倖存，實非機會，故改現語。

二〇〇五年三月二十三日

第三輯

生活素描

三峽行

外一章

昆明、重慶、長江三峽下水八日遊，一九九八年七月三日開始。我二日赴北市，三日早往桃園中正國際機場，轉國泰班機飛香港，當晚抵雲南昆明。

昆明是省會，海拔一、九八〇公尺，北面有高山阻隔，遮斷寒流，西南印度洋的海風可以進來，全年無酷暑嚴寒，故有「春城」之稱。三百平方公里的滇池淡水湖離城不遠，可惜皆污染優養化，側邊最高點海拔二、六〇〇公尺名「西山龍門」，上祀關聖帝君及文昌帝君。

近有石林，其內沿途奇石嶙峋，低陷地面，雄偉壯觀。昆明的圓通寺建於元代之一三一四至一三二〇年，清初吳三桂曾有興築，是遊昆明景點之一。

第三天飛重慶，她是中國現四大直轄市之一（其他三市：天津、上海、北京），面積八萬五千平方公里，人口三千多萬。那天是七月五日，溽暑天氣，午間重慶中餐，飯店冷氣故障，36℃下吃辣火鍋，熱上加熱，真是夠勁。原不在此過夜而上船上度宿的，因長江水漲船上不來，暫住重慶大酒店，晚餐有樂隊演奏，琵琶、洋琴、二胡合演，聲韻悠揚。我趨問那裡可買到二胡，琴師說明天帶我去沙田壩有好琴，我說無此行程，他說本市大商場亦有次好的。

飯後我偕兒媳雲萬、張新華、孫立凱依言前往，買最好那把七九五元人幣，中的五三八元，完成久懸而稱快的事。當晚小凱調音拉了起來，清脆勁柔，很是動聽。

我家六人共遊，在旅館及船都住三個房間，萬、華夫婦；立凱、立宇兄弟；我、孫女立蘭各一組。經白帝城時，看到劉備托孤的塑像。據史載，當時備言：「可輔、則輔之；不可則取而代之。」諸葛亮驚悚萬狀，俯伏答以：「臣當鞠躬盡瘁，死而後已。」

備病態懨懨，半臥床榻，重要的文臣武將環列在側，顯現了一幅生動而嚴肅的畫面。城在山上，離江面頗遠，待我們船靠江邊，拾級而上。坡甚陡，不少人坐滑竿（坐兜），我勉力而為登爬，雖汗出如瀋，終喜順利完成。

白帝城近瞿塘峽，峽長八公里，其入口處稱夔門，也稱瞿塘關，水流湍急，最是狹長險惡著稱。

巫山、小三峽、巫峽、秭歸是第五天，也即七月七日的遊程。早上搭柳葉舟，飽覽小三峽絕壁連天，樹林蓊鬱及最長的古棧道遺址。側首上望，見猴子在林中跳動，李白的〈下江陵〉：「朝辭白帝彩雲間，千里江陵一日還，兩岸猿聲啼不住，輕舟已過萬重山」，仿若顯現眼前。

巫峽十二峰，以神女峰最有名，宋玉〈高唐賦〉之楚襄王與神女會，固使人無限遐想，而唐元稹悼妻詩〈離思〉：「曾經滄海難為水，除卻巫山不是雲，取次花叢懶迴顧，半緣修道半緣君」，今臨斯地，尤感慨然。

依詩意：滄海之外的水不是水，巫山以外的雲不是雲，也即是除你美色之外都不是美色。儘管花叢中萬卉爭春，百花競艷，燦爛怒放，各展姿容，然就我看皆平庸低俗，不足與你的倩影相比，因而不值一顧了。相愛之深，用情之專，真使人動容。

七月八日第六天，西陵峽、宜昌、沙市。到荊州時，離船登岸，遊覽荊州古城，城牆、城門都保持完好。而長江之水，濁浪滾滾，溢滿河堤，水比地面還高，萬一決堤，災情真不可收拾，因而當局動員，大力防堵。

往昔大陸撲殺麻雀，鄉村難見得到，而燕子應在保護之列，但由昆明至重慶，都未發現，直到荊州，仰首上望，始見疏落地在高空飛翔。完成的葛洲垻是大工程，灌溉、發電，築水閘管制上下船隻。它的原理，推知與聞名世界的蘇彝士、巴馬拿運河當無二致。

七月九日第七天，蒞赤壁、武漢。上午在赤壁登岸，看赤壁戰史陳列館、周瑜立像，孔明借東風，黃蓋詐降，草船借箭等導遊都有解說，只是依三國演義重述一番。念蘇東坡〈赤壁賦〉：「哀吾生之須臾，羨長江之無窮」，「舳艫千里，旌旗蔽空，釃酒臨江，橫槊賦詩，（曹孟德）固一世之雄也，而今安在哉！」之詞，泛起一股懷思，古今滄桑在胸臆迴盪。

赤壁上有個小山頭，沿路邊有不少擺攤子看相算命的，有一攤抓著立凱不放，聲明奉送一相（不要錢），小凱閃躲逃離，未與答訕。什麼時代了？還作興這套玩意！但左右各據路段，叱叱喝喝，定有他的生意在。

下午抵武漢，看武昌革命起義陳列館。天氣甚熱，遊黃鶴樓，高九層，購票坐電梯登頂，俯瞰遠近。底層側旁立有豎碑唐崔顥寫的詩：「昔人已乘黃鶴去，此地空餘黃鶴樓。黃鶴一去不復返，白雲千載空悠悠。晴川歷歷漢陽樹，芳草萋萋鸚鵡洲。日暮鄉關何處是？湮波江上使人愁！」字跡蒼勁，鐵畫銀鉤，黑底金髹，搶人眼目，景物對照，印象深鏤。話說詩仙李白至此曾有意題詠，但看看後說：「滿眼美景言不得，舉目崔顥在上頭」，故未著墨。

黃鶴樓占地頗廣，建於兩江的交會處，遊人如織。

晚飯後七時多，與老家廣東信宜市雲鴻兒通話，告知明天下午二時多我們可抵湛江，展開我的探親之旅。

與大退聯通訊二〇〇五年三月一日

偕兒孫回鄉探親

一九九八年七月十日第八天，遊罷三峽抵武漢，早餐後，我、雲萬、小蘭與隊伍分離，新華、小凱、小宇隨原隊往黃山，我三人飛廣州，在當地午餐，搭下午一點四十分機飛湛江，二時半與接機的在湛遇合。

雲鴻偕他孫兒宗森、宗琳來，車是包的，來回人民幣六百元，可坐九人。我最初之意包「的士」，即四人坐的計程車，他卻如此，是浪費了。後來知道我老家至湛江計二百多公里長程，當地無此小車走，而途中有一段改直翻修，坎坷不平，小車難行。即使是中型的九人巴士，亦因路況不良拋錨，修理了二小時，原定當晚抵家晚餐的，遲了，只好在路上吃飯。其後七月十四日雲萬，立蘭先走，我七月二十一日離開，還是坐這部車，這是後話。

七月十一、十二日，萬、蘭往本地的風景點：老壁岩（響水灘）、山頭屋（我家以前的山區屋田）看，請了一台機車，毅鵬騎一台，去的人為萬、蘭、宗森、毅燕，其後東義姪（大哥芳榮之子）來亦趕往參加。由東義領隊，毅勛騎機車赴信宜（前東鎮墟）巡禮，並到信宜中學參觀。據萬說，信中確建得宏偉。

因萬、蘭第一次回去，十三日下午拜祖先，晚餐請我二房的人吃飯。中餐時，萬送紅包（均美元）：雲鴻二百元、鴻媽一百元、勛、鵬、燕各一百五十元，共四百五〇元，小孩六人（勛四鵬二）各十元，共六十元，萬七、十舅父德成、德修各一五〇元，共三百元（這二位是晚餐他倆來時送），合計一、一一〇元。十四日萬、蘭先走，早餐後由西江住處回北沖辭行，再送勛妻進鳳，鵬妻維珍各人民幣二百元計四百元。十三日晚飯時共開十一桌（每桌八人），我給鴻辦餐費人民幣二千元。

十三日午餐時，小蘭是六個幼孩的姑姑，各送紅包人民幣五十元計三百元，其後鴻也送蘭二百元。我帶一金戒指去送宗桂（鵬之子），並送鴻媽人民幣五百元。

十二日約好李佩銓及化州陸雪瓊（老同學女兒）來會，前者我送紅包人民幣二百元轉其妻梁冰清，後者因我代辦其領在台遺屬戰士授田補償金，送我紅包二百元。

十三日拜祖時，約好行大禮三跪九叩，我與雲萬、立蘭拜，雲鴻陪同。完了，毅勛兄弟拜，拜土地公與祖先均放燃大盒鞭炮。

十四日雲萬、立蘭回台先走，九時多開車，包的仍是原先何先生開的那部車，毅勛、毅鵬、毅燕兄弟妹三位送，在湛江住一夜，開三房，每間一八〇元人民幣，車費六百元，雲萬為我購七月三十一日湛江至香港機票一張，一千零八元人民幣，全是萬出的，他用了不少錢。

十五日萬、蘭由湛轉港回台，順利完成，勛、鵬、燕由湛回來，甚愉快。

十六日東義姪車載我至東鎮（信宜市），看他開的三間照相館，中午在他家午餐。早拜訪同鄉曾志儒弟姪，交我「心血康」的藥帶回台。下午回拜李佩銓，見冰清，她很健康，雖瘦一些。他們與東義同一棟樓，東義頂層，佩銓第三層。下午看母校「信宜縣立農校」，她早被剷除改為信中，有棟樓是「李瑞芝」送的，刻著這大名，我問男或女，回答是女的。記得那時她讀初農，是陸紹明（擴農）追未成功的那一位。有能力回饋母校，甚為難得。

下午買了些高麗參片及二瓶雲南白藥。勞東義送來送去，又招待午餐，我給了二百元人民幣紅包。在村中看不到貓狗，這天在東鎮市場中卻見有出售的。

萬、蘭走後，我似感孤單，興「歸去來兮」之想。即雲萬在時，因是農忙季節，我一人自在見外，有些格格不入，曾跟萬說，我原定月之三十一日回台，能提前最好，故他代我買機票時，打聽過如提前，加繳一五〇元港幣即可。

十一日請客十一桌，雞、鴨中一些是自己養的，買豬肉、豆腐及一些時菜，每卓十幾盤，大塊大件，豐豐富富，大家吃得盡興，每桌有酒、汽水，相互敬飲。我偕鴻、萬、蘭每桌去敬，看他們吃得痛快，臉紅紅的，大人小孩飽餐有餘。東義開相館，請他隨行拍照，洗出來的家家送，萬舅父的請鴻轉送。

辦這些桌，人工不少，都是我二房裡的人自動來幫忙，殺雞宰鴨，切肉炒菜，每桌上端，一團和氣，真是難得。我前次回去請客是姪兒李盛兄弟掌廚，這次是德義與德勝妻慶芳。吃不完的不準單拿，集中分各家，令我快慰。雲鴻的人緣不錯。

十七日，我備好紅包，弟、妹、媳、孫及他們的小孩，依等第分別送。是日台灣大地震，雲萬來電說是嘉義，未波及台中。十八日晚雲飛來電說，他媽不適，促我早回。

十九日早偕二嫂梁耀珍赴北界墟，宗琳同行，本想給她買些衣服，她不要，要看病，我說沒病看什麼？她說要吃補。陪她去看，等了許久，把脈看舌，謂沒毛病，只是燥熱一些。是晚李盛姪夫妻請吃飯，邀我、二嫂、雲鴻、宗森四人參加，我送了百元紅包。

回應雲飛電話，定二十一日走，仍包姓何的車，雲鴻、翠珍夫妻、宗森、宗琳兄妹送我，夜宿上次雲萬住過的「湛江迎賓館」，辦理三十一日的機票改為二十二日。手續停當，在湛江市逛街，看到許多野生動物，如蛇、貓、狗、斑鳩、黃鶴、果子狸、八哥等用網罩壓著出售，空間窄小，動彈不得，天氣炎熱（36℃），很是可憐。在老家與旅途中一再注意未發現的痲雀，這裡市場卻有出賣。

由信宜至湛江途中，路旁種有很多台灣相思樹，花盛開黃花，台灣本土的反不若這裡的茁壯。以前光禿的山頭，現都種樹與長叢林，蒼翠悅目，主因是注意水土保持，燃料很多改用煤氣，燒柴草的自然減少了。

就建設言，大陸各地城市處處高樓拔地起，即我信宜及老家鄉村，平房許多已成樓房了。

二十二日九時湛江起飛，經港轉台，晚七時抵台中家。二十三日寄台幣一萬二千元與雲萬，因他用錢太多了。

旅遊探親，時逾半月，百事順遂，是一趟愉悅圓滿的行程。

興大退休拾痕二〇〇五年二月一日

梨山行

四月十七日，星期天，學校舉辦春假後的郊遊活動，邀請教職員工及其眷屬參加，作梨山一日之遊。

在決定此一地區之前，曾提供其他三個處所供大家選擇。其一是參觀臺中港，遊覽天池樂園、秋茂園；其二是參觀曾文水庫，遊覽珊瑚潭、蘭潭；其三是遊覽廬山溫泉、霧社、日月潭。在討論的時候，大家認為臺中港過近，且很多人都已去過；曾文水庫與珊瑚潭則又過遠，兩者非一日所可兼得；廬山溫泉道路不良，不合車隊行駛。多數通過，前往梨山。

這次共同前往計有三百餘人，分乘七部遊覽車。預定的時間是早上七時由臺中市學校門前出發。我因住在鄉下，必須提前趕來。又因偕妻同行，尤須早些行動才可配合這一時間。蓋以過去的經驗，女人出門，總似乎要慢上一拍，故五時便即起床。一切停當，搭乘第一班車前來。

團體行動，時間的把握最是重要。當我六點五十分到達時，參加的人都陸續的來到，按車按號，各就各位，準時出發。

車隊依次前駛。通過東勢以後，滿目綠野青山，葡萄園一個接著一個，水泥柱牽上粗鐵絲，蔓藤攀爬其上，長得十分的葱蘢繁茂。在一片綠、滿眼綠的疇野中，有幾處如國民學校的屋頂豎起國旗，隨風飄展，那麼的鮮紅艷麗，與週圍的環境形成強烈的對比，給人以深刻的印象。住在都市紅塵萬丈中的人是體會不出來的。

十時十分抵達德基水庫，下車小憩。參觀水庫及底層發電廠，本是原先排定的行程，只因此日是假日，規定電廠不開放，我們便在附近的各處遊覽。

當我剛下車的時候，發現在水庫上空，也即挨接房子外邊的懸崖邊緣，似乎有人在下面不停的向上拋擲小石，到達距地面不高處便力盡墜下。臨近察看，原來這一上一下的乃是燕子的起伏翱翔。它體積那麼的小，那麼的輕盈，別的地方從未見過，或者是在這深山大澤中特有的吧。

由停車處至水庫的堤壩，居高臨下，看見就在眼底，但要去還得繞走山坳，穿過一段長長的隧道，始可到達。承水庫派人為我們作簡報，就多幅布製的圖表中，逐一解說。按建造過程、蓄水容量、發電、灌溉、防洪的多方面功能詳細報告，使參與的人都獲充分的瞭解。政府用大筆經費，花幾年的時間投注於此，完全為的是國民生計。

簡報完了，由教授陳癸淼先生主持，為第十一次全國代表大會文獻測驗成績優良的小組及個人抽獎。我被指定是五個代表抽獎人之一，很巧的為我本家的一位李先生抽中了獎。

十一時半離德基駛梨山，沿著山腰前行。山勢陡峭，下臨深谷，許多處是在筆直的石岩上一寸寸的鑿出來的。當年榮民開闢這一條路的時候，全憑雙手及簡陋的工具，其經歷的艱困辛勞與危險概可想見。距梨山不遠的公路兩旁，山勢稍緩，種植果樹的人，便在這裡展佈開來。或嶺脊或谷地，桃、梨、蘋果等大塊小塊的墾植著。那些簡陋低矮木造（遠處看）的家屋，也隨著果園的分布，零落的在各個角落。不要羨慕種果樹發了財的人，他們全以血汗換來的。住在那種山巔絕谷，伶仃寂寥，如不能堅忍克苦，亦難開創一番事業。抵達梨山十二時半，相率下車找好適當位置進用午餐。餐點都是自行備帶，在亭子裡，在樹林中，在路旁的蔭蔽之處解開盛囊，取出餚饌，有的備具美酒，高粱紹興大麯，幾人一堆的吃喝起來。面對高山翠林，別有一番風味。

飯後走向各處，先到入口的市場巡禮。各種水果蜜餞很多，問起價棧，這產地的並不比臺中市便宜。且蒼蠅遍地，在果餞上漫天飛舞，予人以很不好的印象。梨山是個觀光遊覽之區，如不針對缺點改進，是不會引起人的購買慾的。

下午三時回程抵谷關，作一小時的休息與遊覽。種在路邊的杜鵑，花已開過，只剩枝葉，而梨山的正開得絢麗燦爛，紅的白的紫的齊齊怒放，滿布全身。同是一種花，在距離不太遠竟然有這樣大的差別，當是氣候不同的緣故。

在出發之先，承辦這次郊遊的先生，曾再三叮嚀參加者要備雨具，多帶衣裳，以防深山裡的天候變化。如遇天雨塌方路不通行，並備另案，到別一地區去遊覽，顧慮準備都極週到。天公十分幫忙，整日風和日麗，正是郊遊的好日子。所有參加的人，男女老幼，相敬相讓。而最可貴的是這麼多人都確守時間，依時依序而行，使這次梨山之行，充滿了懽快與愉悅。

民聲日報一九七七年四月二十五日

金門行

今年金門考區的大學入學學科考試，由中興大學接辦，消息傳來，引起了一些漣漪。不少人都欲藉此到那裡作一次巡禮，以滿足長久以來的嚮往。

臺海戰役由開始而至終了，我全行參與，駐戍在金東地區。換防回來，忽忽二十八個年頭，往昔的種種切切，常不自覺地縈迴腦際，神馳無已。今幸有此機會，自是極欲前去，重睹過去親手植栽的許多樹木與在石縫山底挖出來的戰塹壕溝，以解渴念。

由於想去的人多，而名額有限，經過遴定，雖是私願得償，惟派任的職稱是綜責試務。這是一項繁雜細密的工作，全般的策劃執行，均要先期作業，須週詳的釐訂安排。金門考區報名考生三〇〇人，涵蓋一——三類組，連續考試三天。麻雀雖小五臟俱全，有關應行準備的各種事端，與臺灣的考區無異。且因是前方戰地，人員出入境都得經過申請，公文往還與南北奔跑，比辦一個考區的單純考試更見繁難。本身的工作忙得離不開手，又扯上這一樁煩人的事，前後匝月，日無餘晷，加以「不容出錯」的心理負擔，真有些悔不當初。

國立金門中學是當地的最高學府，考區便在該校開設，選定二樓的八間教室充作試場。考試前一日的上午我們抵達，即須展開考場佈置，惟以當地有一項講習借用學校，須待下午三時半結束後始能進行。為時短暫，不僅試務人員全兼了總務的工作，即主持人與專責監試的教授、主任亦行參與，貼座號、寫路標、掛公告牌及休息室、辦公室的設置，大家動手，在快速的時間內一一完成。興大人的團隊精神，在這裡有一次很好的表現。

大學聯考臺中考區的試務工作，七十三學年以前的二十多年，均由興大單獨主辦，每一分區每一考場的負責人，莫不為陪考家屬的安排而分心。開設停車位置、豎欄干、拉繩索、派警衛、張貼「家長止步」，請他（她）們不要過近考場以免造成干擾。如遇天雨或缺少樹蔭之處，還得開放禮堂、圖書館，以供他們停留歇息。但金門考區是沒有陪考的。他們不惟沒人遲到，准考證無一遺失，循規守矩，秩序井然。沒有陪考的考區，除金門外，全臺灣難得找到。

據金門中學王添富校長表示：往年本地未設考區，所有應考的都須到臺灣去，飄洋過海，旅程遙遠，他們都能順利完成，如今近在咫尺，考場就是原讀的學校，一切都了然於胸，家長當更可放心；況人是獨立的個體，屆臨成年，具有行為能力，如過於呵護，對其成長的歷程實無好處。愛護子女固是人同此心，但這一番話，似值吾人深思。

依照臺中考區歷年慣例，考試之日，試務人員五時半即須報到，六時正試卷、卡片等上車，分別送到分區去。我們到金門住華僑之家，距考場的金門中學約二〇〇公尺，當天六時一到，負責的幾人將有關卷件，扛提前去。這是根據經驗所做的舉措，以防萬一發現有所疏漏，尚有足夠的時間補救，可以說是顧慮週全，卻有人認為我們是窮緊張呢！

七月二日考四科，下午六時考完後晚餐，夜訪花岡石醫院及擎天廳等處。兩皆深藏地下，前者為當地的最完善醫院，置具最新的儀器設備，療效業績普受讚揚，後者現兼放電影，時正在演放特停下亮燈供我們參觀。《中外雜誌》四月號，登載我一篇〈羅雲平二、三事〉，是紀念與大羅前校長逝世週年寫的。有關擎天廳的描敘，略如下述，以見概況：

「金門為前線戰地，隨時可能有戰鬥情況發生，當局為求集會場所的安全，擬鑿山營建一集會場地，遍訪工程專家，遂聘羅雲平先生設計金門擎天廳工程。當時他任成大工學院院長，白天教學、處理工學院行政事務外，實無多餘時間；乃利用公餘，於燈下鑽研各種資料，精心設計，卒完成該廳的建築計畫。金防部依據藍圖，闢山掏穴，開為洞天，鑿成巨廳，恢然宏濶，高達數丈，廣數百尺，眾人集會廳內，竟無感置身於山石中，其設計之精美，修建之完善，獲中外人士一致讚賞。先總統　蔣公蒞臨，深為嘉許。」

七月三日最末一天的考試完了，我們整裝隨軍進發，遊覽太湖與民俗文化村。所經之處，許多往事湧上心頭。

我隨部隊民國四十六年六月間抵金門，先駐靠近金城的榜林，其後由西而東：沙美、馬公、洋宅、北太武山、山后、鵲山、山外都曾駐留。其時日常生活所需，「水」為重要的一項，每到一地，官兵最先偵察打聽的就是水源。蓋訓練操演，每天都得沐浴，水有著落視為一大快事。目下林木青蒼，遍地高粱花生，湖泊處處，再無匱乏之虞。今昔相比，差別不可以道里計。

民俗文化村在山后，是就王氏家屋改設而成，外加圍牆與進門牌坊，規劃成為一個統一格局。彩印圖片簡介，供作參觀資料。這裡我住得最久，每一小徑每一家屋都甚熟悉。砲戰前夕即駐於此，砲戰期中亦不時到此逡巡，與當地的民眾水乳交融，打成一片。

當時我在營級服務。先時營的作戰部門住在山上，後勤等則借住民房，八月初情況逐漸緊急，我們加速碉堡地道的營建，八月十二日全部完成向山上移去。二十三日開始的砲戰，連續不斷，二十九日至九月一日因颱風過境，雙方暫行平息。九月二日天氣晴朗，萬里無雲，下午二時團在美人山召開會議，我率領幾人乘中型吉甫從山上下來，甫出山后村外，圍頭、大、小磴的中共砲即密集射來。就地靠邊停車，跳入水溝掩蔽，左右近側著彈，泥土飛塵蓋滿全身，急速利用地形向山后躍進，隱藏於一家屋的地下室。入夜砲聲稍稍沉寂，始行回抵營部。

草草晚餐，改乘小吉甫往馬山後面的東皋灣看視部隊，山腳下公路中彈之處翻空若小水塘，車難通行，改以徒步前去。發現遍地彈坑，落腳亦感困難。由彈著點看，共方最初幾日發射的都屬小口徑，這一日起換用大的。且裝延期信管，彈頭深入地裡始行爆炸，乃有此種現象，目的在摧毀我們的碉堡。

一天夜裡，我偕一士兵至各哨所巡查，凌晨三時返抵山后的上堡，共砲又無端的打了起來。一些「噓噓」聲的從山頭飛過，一些則在頭頂的上空炸裂，破片散擊飛面「沙沙」作響。我二人的鋼盔亦鏗然有聲，幸是強弩之末，未曾成傷。共軍是要擊殺我們夜裡活動的。

我原先借住山后西邊的一幢民房二樓，坐西向東，兩面都有窗子，砲戰期中，竟有一砲彈由西窗射進，從東窗口的底牆鑽出，落入天井中爆炸。我隨這次參觀的隊伍將往事邊行邊說，抽空一人到舊處察看，雖然經過整修，但稍一沉思，原來的景象依稀便現眼前。

離開金門二十多年，舊地重遊，有些地方已不認識。記得砲戰之前，我們部隊篳路藍縷，拓築中央公路，種植樹苗，如今林木蔭蔽，寬濶平坦，成為康衢大道。砲戰期中及其後，在金東的獅山、寨子山、美人山都植了很多樹，現皆蓊鬱繁茂。走在其中，耳聞鳥兒鳴唱，蟬聲陣陣，仰首上望，顯示的天空只是塊塊點點。「前人種樹，後人遮蔭」，於此體會得更是真切。

旅金期中，國防部戰地政務處潘國樑上校及趙子琳中校，不僅對我們照顧服務，安排各處參觀，考試三天，每一節的缺考與否及試場情狀，亦勞其透過管道向臺北聯招總會一一報告，真是銘既無已。金門政委會、縣政府、金門中學、考生家長會等的熱誠招待，安全警衛的派遣，特撥專車作我們行動之用，在在都使我們感念於心。那種熱情親切，其他地方是見不到的。

金門之行，前後六日，回來後不少相識的人謂在電視見我巡視考場，實在那天是陪主持人方榮坤教授去的。三天的大學聯招考試，圓滿完成，乘間又能憑弔瞻仰與拜訪許多聞名中外的古蹟名勝，如朱熹觀風佈化講學臺、莒光樓、古寧頭戰史館，海印寺與酒廠，瓷器廠等處，個人獲益實多，私衷充滿了感謝。

台灣日報一九八五年七月二十四日

馬祖行

馬祖之行，二日一夜，走遍南竿北竿。

秋涼氣候，乾爽宜人，在松山十時搭立榮航空，五十分鐘抵達。上機時萬里晴空，溫和日麗，到北竿時雲層低垂，飄著雨絲，強風刮人，與台北迥然有別。

此行全由兒子策劃，他因公務，曾到其地多次。我一九六二年隨軍駐戍，長達二年有半，離別匆匆逾四十載，他知老父時有舊地重遊之想，乃特意安排，選定週末二天假期，完成我的心願。

塘岐是小港灣，原是北竿的政治經濟中心，填海拓地，機場即建於此，沙道連接后澳，石屋、村辦公室及幾間商店不規則羅列。乘車轉了一圈回頭，依風景區遊憩路線，登此地最高二九八公尺的壁山，於觀景台瞰覽北竿全境，大坵、小坵、高登島次第入目。沿莒光堡、橋仔、芹壁、上村、坂里至白沙港，下午二時半，乘渡輪往南竿。

在芹壁村遊賞時，適有一觀光團正好也到是處，聽那位導遊向他們解說，指房子咕咾石牆上的一些坑洞是中共往昔砲擊的。近海有塊隆起的巨石狀若烏龜，稱做龜島，細行觀察，比台灣的龜山島更神似。

南竿在馬祖列島最大，面積一〇六四平方公里，相當台北市三十二分之一，馬防部、連江縣政府、馬祖高中均設於此。當我倆由移山填海，比原先大了幾倍的福澳港登岸時，先前連繫好的單位至碼頭迎接，引導上二四八公尺高的雲台山，以地圖模型介紹對岸大陸海緣的多種狀況。

轉頭下山，先到幾處深入山腹，直通海面的坑道，再看珠螺村、四維村、馬祖村。後者即是馬祖港，我曾在這裡住過。往時荒涼寥落，如今屋宇連棟，接成長長街道。當地最大的廟「天后宮」，馬祖公車站，中正國中、國小都在是處。

日影西斜，迅近黃昏，同車四人，並約好一位派來此間服役的青年楊中尉在清水村晚餐。除了一大盤餃子及青蔬外，其他都來自於海中，黃魚、海鰻、淡菜，全是活蹦活跳上鍋，鮮嫩美味，入口香甜，別處難以嚐到。喝的是本地釀製的陳年老酒，那種別具一格的獨有風味，於口腔舌蕾中憶起當初到馬祖的點點滴滴，不斷在腦中晃動。

夜宿勝利山莊，是在石山中挖洞建造的館舍，由軍部管理，專門接待高級官員及外賓用的。深入山底，空調完善，最適於盛夏來住。與晚餐的清水村毗鄰，自來水廠、勝利水庫、民俗文物館、經國先生紀念堂，都在這個山窩裡，綜稱介壽公園。

我習慣早起，六時外出運動，沿水庫走了一圈，驚動水邊的白鷺鷥、灰鶴。穿越濃密林道，瞥見野鳥飛翔，林樹蔥蘢，涼風習習，真是個金秋送爽的良辰美景。

早餐在山隴吃餛飩，承單位美意，小車交由兒子駕馭，專載我們旅遊，走訪日昨未到之處，馬祖日報、馬祖酒廠及南竿東半部的各景點村莊。不時路見「班超部隊」建設留下來的豎碑遍及各處。「班超」就是我那個老廣部隊，前塵往事，彷彿重現眼前。

我曾是《馬祖日報》的特約記者，報導過不少南、北竿與高登的新聞。題為〈努力進取〉的一篇短文，刊於一九六二年五月四日該報副刊。它是勵志的文章，我大陸故鄉「犀灣李氏族譜」於一九九三年癸酉歲三月重輯時，選作為序文。

那時的馬祖，前線戰地，刁斗森嚴，處處管制，沒有公路，童山濯濯全是禿的。我們開山闢土，遍植樹苗，如今成林成蔭，許多超過合抱。高級的水泥路面，山巔水際，四通八達，除公車外，尚有不少的計程車營運。

實施小三通，開放觀光，吸引了眾多的外來人，增加了當地的繁榮。而南竿北竿，分建機場，與台灣密切連貫，今昔相比，脫胎換骨，進步不可以道里計。

「三十年河東河西」，四十年自更不可同日而語了。

青溪雜誌　二〇〇四年十二月六日

勛章

日前看晚間電視新聞，台北市議會對市政府政績優良的單位，於會議中公開表揚，其主管上台接受獎勵。使我想起幾個月前的一件往事。

那是七十七年的六月中旬，經建會主任委員趙耀東先生，以中美貿易小組召集人的身分，在立法院提出報告並備詢問。因電聯車，交換機採購及農業政策，受到相當的指責。趙先生激動的表示，立法委員論事要公正，不能一味的責人，他認為立法院反應頒給他勛章。

「勛章」一辭，依照辭海所釋：「對於有勛勞於國家者，所給與佩帶之章也」。趙先生是否具此條件？據他指出：他在經濟部長任內，關閉及合併了六個國營事業，為國家省了數十億元，結果遭受電話威脅，要殺他全家和正在念書的孫子。他在中鋼十年，均住在廠內宿舍，退休時，祇領了四十萬元的退休金。

我想這些應都有事實根據，不是自我作秀的自吹自擂所能唬得過來的。

立法院是國家的最高立法機關，當秉大是大非的胸懷，表現其光明磊落的風範。議事論政，一本至公，應指責的，不含糊掩飾；該讚揚的，不慳於吝嗇，何不加以查證！

宋代大哲蘇東坡論刑賞忠厚，主張「賞疑從與，罰疑從去」、「可以賞可以不賞，賞；可以罰可以不罰，不罰」，使浸漬濡染，形成溫柔敦厚，呈現君子長者之道。可是目今我們的各級議會，其對政府官員，每每與此相反，即口頭嘉惠亦不輕於賜與，實在是有失忠厚的。

韶光飛逝，趙先生脫離公職雖已半年，然其事均可覆按。如果確實如他之所言，似應作審慎而正面的考量，蓋獎賞是永遠不嫌遲的。此不僅是開先河的義舉，一新世人耳目，創建立法院新形象，亦正所以慰藉一位為國辛勞，著有懋績而歷受委屈卒酸的老人。

至若有人謂前述立法院的那一幕，都是「趙耀東情結」的一種表現，這種「情結」是不健全的。我卻以為這才是民主的可貴，當事人的敢說敢做與坦誠率真，是時下我們社會難得多見的好現象。

當然，這是個人的淺見，或許可作為一種心聲吧，唯有待袞袞時賢採擇了。

一九八八年六月二十五日

無盡的愛——故鄉農村巡禮

行政院主計處七月中調查公佈，農業人口最近有增加現象，部份縣市農業主管單位和基層農會人員證實，確有一些人口回流農村。

有人認為這是失業率增高，尤其原住民的村落是最明顯，因為大量的外勞進入建築工地，搶走了原是他們的工作。亦有人認為這應是短暫的，農忙的季節完了，當會回復原來的情狀。

筆者最近赴大陸旅遊，行程告竣即回返故鄉探親，在老家的農村住了一段時日。那裡的青壯普遍外流，留下種田都是老弱，亦有不少放棄了農事的。

老家位於粵南的湛江北面，在北回歸線以南，氣候溫熱，土地肥沃，雨水充足，作物容易生長，是最適於農業發展的地域，何以會棄耕農地，外移就業？這須話說從頭。

大陸的農村政策，是按各地的耕地面積與人口數比例平均分配的，我那裡一口人可分到四分的田耕種。我老家有十四口人，實分到田的只有十一口。因有一位年老，另二位超生，超生的不但未分田，且每年要罰錢。

十分田為一畝，等於六十平方丈，十一口人的田為四點四畝，一年兩造（熟），一畝田年產稻谷約一、二〇〇市斤，四畝多的地年產五千斤谷子。這谷要繳公糧以及不少的附加，如學校建設與道路修築等，約是五分一的樣子。亦即自己實得的是四十擔的四千斤稻谷，一造二十擔。一擔谷市價人民幣六十六元，共是一、三二〇元，半年六個月，一個月收入為二百二十元。

這些錢內含人工、種子、肥料，算起來實在太少。一人平均月所得不足二十元，如何去生活？自然得外出謀生。

家中的一位成員，高中畢業後學駕駛，現在廣州市為人開載重車，月薪是人幣二、二〇〇元，另供吃住；他的弟弟學工程，在東莞任建築工程師，同樣的老闆包吃住外，月給一、五〇〇元。

這位年少的較激進，他不次的要全家棄農。他說大夥兒老老少少的這麼辛苦，半年收入，不足我一個月的所得，還留戀這些田做什麼！但是上了年紀的，「耕讀傳家」代有傳承，對田有一份根深蒂固的執著，硬要堅持下去。

種田要養牛，犁田耙地非牠不可，但一年到晚都需人牽養，人工的負擔大，年前將牠賣掉了。當地沒有耕耘機，現種田通由人力去鋤，正如唐李紳詩：「鋤禾日當午，汗滴禾下土，誰知盤中飧，粒粒皆辛苦！」

我上次回鄉，是民國八十一年，因身體欠健，相隔了六年再回去。本來打算住一段時日，碰上農忙，我在那裡要他們招呼，不但沒幫忙反成負累，瞻前想後，只得提前離去。「客去主人安」，在最熱的大暑日返台。

這次回家，感覺與上次明顯的不同，是農村比較富裕了。映入眼簾最突出的乃住屋的改建，往者低矮的平房，如今不少是幾層鋼筋水泥樓房。山間水涯，林木成蔭，叢樹繁花，得力於炊事不燒柴草用煤氣。

在我故鄉，因外面的「頭路」廣，甚多青壯紛紛出外打拼，留下幼小在家由老人照拂。

一家常有幾個兒子，每個兒子又生幾個，大大小小全推祖父母拉拔。分的田無法種，但又不捨繳回，恐以後想種沒田了。怎麼辦？只好央人代耕，條件是代繳公糧，所有收成，全是代耕的。

故鄉人較保守，「耕讀傳家」是最好的流風，「無後為大」更深入每一個人的腦海。兒子必須有兒子，且最好是兩個。

大了分家，有的牛由老子養，分別替兒子一家家的翻地。孫子曾孫老人帶，拉洗餵哄全職替代，日以繼夜，無怨無悔。

這當是我們優良傳統形成的吧。

一九九八年八月七日

談特效藥

民國三十八年春間，我由粵北南下廣州。時局動盪，國勢危殆，一時找不到合適的工作，生活的不安定，加上內心的焦急，竟染患了痢疾之症。常常肚子作痛，拉一些紅中帶白、膠膠稠粘的稀便，每天三、四次。經人介紹就醫，服吃多種草藥熬成的湯汁，慢慢才告痊癒。

翌年四月下旬，隨軍由海南島撤退來台。初由北端的海口市，乘船至南面的榆林港，換上軍艦，在那裡靠泊了近十天。其時大陸整個都已變色，爭著上船的前仆後繼，人心惶惶，我的痢疾又再復發，比年前益加嚴重，一天要拉七、八次。坐船期中，得不到適當的治療，半月之間，形消骨立，氣息奄奄。算是命大，未步病重的隨行隨丟入海去的後塵，幸運的挨到高雄港登岸，找到一家診所看治。

面對醫師，說明病情時，腹痛如絞，便急難忍，入內找廁解決。或是怕我汙染他們的便所，被制止，抓住我的手臂，用幾種針液合成的大筒藥水，由彎肘間的血管注射進去。藥打完了，立即見效，先時肛門內的血脈賁張，彷若有千軍萬馬般向外衝撞，漸漸安靜。隨而便意沒有了，原來的腹痛也行停止。

步出診所，渾身舒泰，一直到七天之後，才再解便。「良醫治病，著手回春」，這句古老傳下來的話，給我很深的確切體認。

是年台灣的梅雨季，又密又多，嘉南平原，白天夜裡下個不停。我的部隊住嘉義鹿草，家眷則安置於阿里山腳的竹崎。抵台未久，離鄉背井，苦心焦思，長期的顛沛流浪，人們的身體都很差勁。一天妻捎人搭話告我，謂孩子發燒多日，一直不退，吃藥無效，要我回去醫理。

我向人請教，據說最好的救急特效靈藥是盤尼西林，不但治病，且可退燒。我回程取道嘉市，到西藥店說明原委，買了一瓶帶回。竹崎是山邊的一個小鄉村，依然有西醫診所，偕妻抱著孩子去診治。醫師看視之後說，使用這藥，要先檢驗，貿然而為，會出意外，囑我送往大醫院去。

連天風雨，雷電交加，孩子氣若游絲，夫妻面面相覷，不知如何是好。只得再再懇求，保證若有差池，決不追究，始答允在臀部施打。眼看他哭喊之後，全身跟著發白，我驚恐萬分。過了頗久，面色逐漸顯現平和，張目四看，慢慢燒也退了。

孩子的病是裝不了假的，精神一振，回家即喊話肚餓，吃了一些東西，便告痊可，恢復了失去多日的活潑天真。

初來乍到，慶幸這裡的醫藥先進。我家的這兩場病，應可說都是特效藥救的。

一九九九年六月七日

寸陰是競

進入知命之年後，作息上明顯的不同，過去晚睡晏起的，一反常態，成為早睡早起。

這種生活的改變，非是心願，來自生理。說不出原由，看完晚間電視新聞報告，料理一天的事告一段落，九時左右，瞌睡油然而生，提不起勁，目眶疲累只好就寢。

人的睡眠有一定時限，既睡夠了便會早起。我本備有叫床鬧鐘，定在凌晨四時，但大抵時辰未到便醒了。輾轉反側乾脆起來，做了必要的梳洗，是一天最好的閱讀時間。

前時讀徐鍾珮女士譯英人毛姆所著的《世界十大小說家及其代表作》，就是利用早晨與公餘讀完的。所謂十大小說，即是托爾斯泰的《戰爭與和平》、巴爾札克的《高老爹》、奧斯汀的《傲慢與偏見》、史頓達爾的《紅與黑》、愛彌兒的《咆嘯山莊》及狄更斯的《塊肉餘生記》等。其時我在教務處服務，往圖書館逐本借讀。

世界名著，果然不凡，獲得頗多意外的收穫。

退休離校十餘年，到老人福利機構去習一項技藝，一週兩上午，去回車程二個多小時。去時看當天的報紙新聞，回時讀備帶的期刊雜誌，充分掌握空餘，感覺無比的充實。

我家的客廳裡外兩牆、飯廳、廚房、臥室都懸掛時鐘，不是裝飾擺景，乃方便放眼即知時刻，應該做那一項工作的時候。

戰國時趙惠文王得楚和氏璧，秦昭王願以十五城易之，可見璧是價值連城的。但古人卻有「尺璧非寶，寸陰是競」之說，因為璧固寶貴，可有可無，寸陰雖短，一去便不復返了。

與大退聯通訊　二〇〇〇年九月六日

深值懷念的日子

民國六十年（一九七一）二月，我到興大註冊組服務，甫離軍職，接辦教育，步入一個不曾有過的工作歷程，一切都覺新鮮。全國每年的大專聯招，中部地區的試務均由我校主辦，這是一項關係著萬千學子及許多家庭的大事，尤感責任重大和無限興奮。

我是「教育行政」高檢及格，通過同類科相當於高考的國家特考的。研讀了頗多國內外有關專著，對教育抱高度熱情，對制度措施的興革懷有理想，全神投入，兢兢業業，發現聯招工作，須行改進之處甚多。細加體會探討，撰文提出「電腦閱卷與表達能力」「准考證遺失的補救」、「畢業證書不宜亂蓋戳記」、「聯招應專設機構」等意見，分別刊載於香港《新聞天地》周刊及《中國時報》人間副刊，影印寄六十六年聯招會主任委員國立台灣師範大學校長張宗良先生建議。旋奉復函：

榮炎先生大鑒：接讀　惠書，並複印文件，至為感謝。查畢業證書不再加蓋任何圖記一項，已經十一月廿五日試務委員會臨時會議議決同意辦理。有關准考證遺失補救，將提試務技術委員會討論。謹此奉復。　並頌

台祺

弟　張宗良拜啟

六十六年十一月二十八日

「如何輔導大一新生學業」、「僑生學業的實際問題」、「談大學保送制度」等，是我對大學教務的意見，在《中華日報》文教版，《台灣日報》綜合生活等處披露，集呈提供教育部，由政務次長李模先生來函致謝。

榮炎先生惠鑒：四月十九日等卓論誦悉。　先生熱心教育，關切大學聯招改進問題，令人敬佩。尊著「談大學保送制度」一文，尤具慧見，當請本部有關單位彙供參考。耑此復謝。　順頌

道安

李　模敬啟

七十一年九月二十四日

我在部隊服務近三十年，戎馬倥傯，軍務繁忙，退伍後能到學校工作，過規律的正常生活，環境優美，別有景況，私衷洋溢著一股喜悅與快慰之情。尤其要感謝的，每年有漫長的幾個月寒暑假，可以定下計劃做自己喜歡的事。

少年讀《典論論文》，對曹丕的：「蓋文章經國之大業，不朽之盛事。年壽有時而盡，榮樂止乎其身，二者必至之常期，未若文章之無窮。」無限思慕而心嚮往之，由而塗塗寫寫，認為是第一等事。今其何幸，能遂所願，真正是愜意的得其所哉。

《千層浪》是我出版的第一本書，民國七十二年印行，蒙沈謙教授以〈平實中見真情〉為題作序：「從這本書中，我們可以讀到許多樸質真醇，至情至性的文字，流露了生活情趣，呈現了對人生、家國的熱愛。珍惜擁有的幸福，改進生活的環境，真值我們效法！」

《時光倒流》是第二本，七十四年出版，內分「文教漫談」與「生活素描」二大部分。興大中文系胡楚生主任序題是〈關懷與愛心〉，推崇其前段近三十篇文字，觀察入微，言之有物，提出意見具體可行：「不啻是一份關於現代教育的意見書，很值得當前負責教育細心一讀。」

全國公務人員專書閱讀心得寫作競賽，民國七十三年我讀寫獲獎的書目是：蔣經國先生著《勝利之路》。它仿《荒漠甘泉》，每天一篇，由一月一日的「萬象回春從頭做起」，至十二月三十一日最後一篇「爭取最後勝利」，每字每句，用心誠摯，意義深長，讀來感人至深。我的結論是：「它像是航行的指針，指示我們在茫茫大海中，安全的到達彼岸。」七十五年時，我彙合經已在報上發表過的其他四十一篇散文，就以《航行的指針》為書名，發行我的第三本文集。

我在興大工作了十八年，退休時校長貢穀紳先生贈我「功在中興」銀牌，並購我《時光倒流》三十多本，分發當時在惠蓀林場全國大學校長會議研擬改進聯招時作參考。貢校長對我如此的溢譽關顧，長留心版。

公餘塗鴉，先後獲台灣省黨部，台灣省教育廳彰化社教館，聯合報、台灣日報，中興大學合作教育，台灣省文藝作家協會及青年日報之抗戰與台海戰役等之多次徵文獎。民國八十四年印第七本《莫讓流光虛度》時，大陸故鄉的縣市圖書館及中學聞訊，亦函請贈送典藏、閱讀。

興大教職員工退休聯誼會，民國八十六年十一月十九日籌設成立，旋選出會長、副會長、秘書長展開運作，筆者忝充委員。蒙學校撥惠蓀堂二樓專室辦公，遴派專人輪值，每週三是我的義工日，與許多退休有年的長官同仁重又敘晤，溢滿滿懷溫馨。

「退聯會」是個服務性組織，二年來定期出版季刊，增進聯誼，報導概況，確保權益，辦理旅遊活動，推介保健新知，頗獲一些成效。

今年是西元的千禧二〇〇〇年，中國農曆的庚辰龍年，也是我在興大工作與退休後的第十三年。回首前塵，學校教我育我，惠我良多，現正編印我的第八本《如坐春風》新書面世。雖歲月匆匆，然曩疇的點點滴滴，辛勤踏過所留下的痕跡，皆是歡快而深值懷念的日子，感銘無已。

興大校刊　二〇〇〇年六月一日

第三次心導管（一）

胸口發悶，呼吸困難，頭部昏暈要爆炸，反胃作嘔，繼而冷汗直冒，似快窒息，一陣重過一陣。這突然而來毫無預警徵候的惡病，四年前仿若強風疾雨襲來，使我沒有招架之力。

送醫就診，經過急救，未幾症狀消失。這種來急去驟的病，判定是心臟冠狀動脈阻塞發生的問題。遵醫指示，做了兩次心導管檢查。第一次與第二次相隔三周，將兩條重要的大血管弄通了。

自是以後，按月回院門診，三餐飯後服藥，不曾間斷。平安順遂了三年多，近月忽又有些徵候顯現，在早上的運動途中，會不經覺的脹悶起來，稍事休息便回復正常。

月前老病連續來犯，蒙鄰居陪我送醫，急救後雨過天青，但原主治醫師說，非得再做一次心導管疏通擴張不可。

以現今的科技言，做心導管相當普通，但想到一位知名影劇界人士，前幾年專程回台北，卻因此進去出不來，我術前特別對家人作了一些必要交代，基隆、台北的兒孫都回來陪我。托天之福，萬事順利，平安的通過了第三次。

第三次心導管（二）

民國八十五年六月十五日，我因病住進台中榮民總醫院，經過幾天診斷，決定要做心導管檢查。十九日晚六時推入開刀病房，十時出來，前後共用了四小時。

我體瘦身弱，忌怕寒冷，做手術時全身赤裸，在冷氣房中仿若雪上加霜，整個人直打哆嗦。醫生為我吹暖氣，慢慢才適應過來。

檢查要做局部麻醉，在右腿胯間大血脈割開一個洞，管腺由此進入指向心臟。雖經麻醉，刀口未感若何疼痛，但外物伸進體內，痠痠澀澀，每每發生打顫。

為我動刀的幾人，常說些輕鬆的話語，調劑病房裡的過分寂靜，不時似用術語交換意見，有了共識，那根管始向裡延伸。我側身而臥，神智清明，頭被遮隔看不到他們，聽覺卻十分清楚。第二天是農曆端午，在加護病房靜靜過節。

據謂我心臟附著的三大冠狀動脈，這次已打通了兩條，另一條須於三周後再入院治療。

做導管肉體上沒感太大痛楚，難以適應的術後的刀口料理，用數公斤的砂包壓著，不能伸腿，禁止翻身，直挺挺的要躺六小時。第二次時我就因不小心砂包脫離，血流噴泉而出，攤了滿床滿地，驚壞了醫生護士。

儘管醫藥不斷進步，但導管仍是一項潛藏危險極大的手術，國立藝術學院名教授與劇作家姚一葦，是民國八十五年四月十一日做導管遽逝的。名導演胡金銓，是民國八十六年元月十四日，在台北榮總做第三次導管氣球擴張術失敗而過世的。

胡導演的亡故，在那時的媒體曾喧騰了一陣子。有人當時向他說：你現好端端的，何必涉此險？他說，先將身體徹底弄好了，才能赴美籌拍計劃久久的我國人在美築鐵路的「華工血淚史」。

「天有不測風雲，人有旦夕禍福」，進去出不來，一代名導就此走了。身後蕭條，後事難辦，其一位女弟子越眾而出，說：「沒有胡金銓先生，就沒有我今天的徐楓俠女！」識拔栽培之恩，感念無已，慨捐台幣百萬元治喪。

我為撰寫本文，特向台北市電影電視演藝人員工會求證，承一手經辦此事，現任胡金銓基金會籌備處總幹事，也是胡的大弟子石雋先生日前來函追述，不勝悲慟唏噓。

鑑於胡導演第三次導管失敗，我於兩月前的四月一日，同樣做第三次時，內心忐忑，不免有層陰影，召集家人，作了必要的交代。託天之福，順利渡過。

回溯三次手術，第一次四小時，二、三次各一小時。而前二次的砂包重壓刀口，現改以強力膠布貼代替，不太妨礙活動，舒坦多了。

聯合報　二○○○年六月二十日

藥罐子的人生

民國四十七年台海「八二三」戰役，我的服務單位駐守金門島金東地區，以獅山為基地，扼守山后迤東皋灣至馬山之線，面對大陸圍頭、大小嶝及角嶼島之敵。該域有我海空軍與重砲陣地，是對岸砲轟的重要目標。

一天下午，艷陽高照，日影西斜，我往看左側控海的那一連陣地，告一段落回程，沿著坑道向山爬。共方看得真切，火砲集中向我發射，前後左右爆炸，塵灰火藥味籠罩全身。應變得宜，閃躲騰挪，雖託天之福，幸未受傷，但心靈的崩解震撼，惶悚難以形容，膽像被嚇破了。

因為從未受過如此驚恐，當時冷汗直冒，衣履全濕，入夜仍是汗流不止。所進飲料，頗似篩子迅快便由毛孔排了出來。

戰地受制封鎖，生活艱困，有一陣子燃料供應不上。那時尚沒瓦斯可用，發現金門竟有煤可挖採，雖火力甚差，然總算勉強解決了日常的三餐炊事問題。伙食談不上營養，我每夜都流冷汗，體力直線下降，妻得悉境況，以穀糠藏雞蛋，用鐵盒子裝載，由台灣郵寄給我。

我的部隊是一個野戰步兵師，人員超編，裝備優良，戰力強盛，駐防外島為了保密，對外統以「班超部隊」稱呼，在國軍中是頂尖勁旅。駐金二年半，戰役告一段落回台，立即投入「八七」水災的重建行列，三個步兵團分別在台中、南投、彰化的大里溪、草湖溪、貓羅溪等處展開工作。現今仍堅固壯碩的堤防，都是我們官兵全員，一砂一石，用畚箕、籮筐一挑挑的人工築起來的。

災區重建完成，民國五十一年我們前駐馬祖。那裡冬天很冷，我盜汗的毛病變本加厲；稍為疲勞或喝了些酒，入睡即汗出如瀋，本來虛弱更加瘦削，亟望稍加豐滿，由而每食貪口，飽了仍常加撐，慢慢口吐酸水變成消化不良。舊的未痊，又增新疾，雪上加霜。

醫治盜汗，注射進口的葡萄糖鈣，效果僅及十天，過後即失效果。冬天用冷水洗澡，忍著打顫，略微減輕病狀。消化不良釀為胃潰瘍，成為身體的痼疾。

民國六十年脫離軍職，應考試到一所公立大學服務，生活雖比前正常，然老病迄難痊好，請教過不少的人，都說盜汗固始於極度驚嚇，其實是陰虛，耐心治療，定然有效，由而改服中藥。約過半年時間，纏我二十多的苦痛，有幸終於告痊。

老病去了，新病又生，十年前心臟出了問題，冠狀動脈狹窄，血流不通，胸悶脹痛，呼吸困難臨近窒息，急救才得脫險，近五年已做過冠狀動脈的三次心導管檢查。

這種危險性極高的治療過程，醫生說非得冒險做不可。救急救命的啣片從不離身，稍覺不適就投下舌底融解吞嚥。按月回院診斷拿藥，日吃三餐，藥亦隨之，多年以來不曾間斷。

除內服藥之外，復健治療的熱敷電療、拉腰、吊頸項，天天赴院，一做即須幾個月，以治骨頭疏鬆與肌筋膜症候群疼得要命的病。常外貼貼利康、沙隆巴士等近似中醫膏藥粘遍身上，以除神經痛。

年紀大了，老眼昏花，視力極端減退，原來是患了白內障，預防保養及開刀割除，都得須依時點滴眼藥水，使確保療效。

與藥罐子為伍，數十年未輟，今年逾八十，還勉算健朗，想都拜醫藥進步，政府的社會福利全民健保政策由以使然，內心時存無限的感恩。

青年日報　二〇〇一年三月三日

「無」心信其可行

青副三月十日刊載了魯軍先生的一篇〈涸與固之辨〉的曉樓隨筆，談「六尺巷」由桐城「遷」到揚州的誤引，再而述及近日環保署打的「河川乾涸」廣告的一段話。「河川」應是流水的，「乾涸」則是沒水了，在生態上當須注意。但「涸」唸成「固」，差別太遠了。

無獨有偶，隔天三月十一日是星期天，華視於正午播報過新聞後，有一小時「勁歌金曲」的歌唱，演唱一些使人懷念的老歌，開場白也出了問題。

「勁歌金曲」頗具水準，獲觀眾喜愛，由而歷久不衰，是一個賣座的節目。主持人黃安先生和馬世莉小姐，能說能唱，合作圓滿；可能因隔天的三月十二日是植樹節，更是國父孫中山先生的七十六周年逝世紀念日，特提「遺教」中的一段話作開場白。

「吾心信其可行」，移山填海之難，終有成功之日；「吾心信其不可行」，反掌折枝之易，亦無收效之期。是《孫文學說》勉人力行的。可是字幕打出，兩個「吾心」都變成了「無心」，千差萬異，相距不可以道里計了。

這似乎是一項常識，竟有如此大的差池，實不可思議。負責錄音打字幕如此粗枝大葉，應行深思。儘管那天緊接著是名歌星張鳳鳳的演唱，也按鈕關機，無心收看了。

青年日報　二〇〇一年三月三十一日

我在三總治療白內障

〈三總研發白內障新療法〉，是健康版三月三十日記者魏忻忻所作的一篇報導。筆者有幸，就在當日於三總為先一天發表白內障新療法的視力保健科主任張正忠為我親手進行。

我年逾八十，患白內障已有一段時日，視力減退，看物不清，檢視雙眼，右眼〇．三，左眼〇．四。年前十二月，先在三總將右眼醫治，張正忠大夫為我割除。今年一月參加體檢，右眼〇．三的視力，進步到〇．九，與先前判然有別，乃決定從早再治左眼。

三月二十八日由台中北上，二十九日掛號門診，排定翌日手術。術前先後點眼藥水三次，約三十分鐘後進手術房，穿上特為病者披裹的上衣，平臥床上，兩手固定，蓋上罩面，僅留治療的左眼對外。

「盡量輕鬆」，是臨床時醫生的一再叮嚀。事實上也沒什麼好緊張的，只覺得眼被綠水泡浸，顯現了一種無限邈遠的深度藍空，白光閃爍。繼而有一物體輕輕在眼球上滾動，感覺比小螞蟻叮咬還輕微的刺刺澀澀，耳聞儀器連續進行的細微音響，其他似都靜寂。

呼吸平緩，血脈流動，短暫間便響聲停止，閃光寂滅，大夫在我肩膀輕拍說：「好了」。坐起推出休息室，作一次視力測驗，完全ＯＫ，醫謂實際手術的時間，僅為七分三十五秒。戴上眼罩，領了藥物，便行出院。

二十多年前的民國六十八年，筆者內人曾在彰化基督教醫院做過該項手術，住院一星期，要麻醉忌口，上線拆線，回診複診，歷盡諸多折磨，說起來真難受。如今半小時便告完成。

前後相差之所以如此懸殊，乃現採用局部滴眼麻醉（合併眼內麻醉劑灌注），正如報導所說：「將染色劑注入患者眼內，把過熟且易裂的白內障膜囊加以染色，讓醫師得以清晰鑑別」手術的緣故。

醫藥進步，一日千里，吾人深受其惠，感幸無已。

聯合報　二〇〇一年四月八日

人責是債——讀董崇選院長新著《情與愛之間》

「一個能說出前輩子欠你一堆債的人，往往就是這輩子能讓別人欠一堆債的人，那人有福了，他不可埋怨。」這是本校文學院董教授新著中的話。

董著分：校園、家庭、社會三輯，共收錄十六篇短篇小說，由九歌出版社於民國八十九年十月印行。我獲訊息，迅即預約購買。

文首引語是家庭輯中題名〈債〉的一篇，敘述其由小至大的求學歷程。他家靠開洗衣店維生，雖是一項低廉收費，仍有人存意不付，即使到了年終歲暮，依舊能拖則拖，能逃則逃，或門門躲起來的。

儘管家境清寒，生活艱困，他卻秉賦聰敏，是一個讀書的好料子，成績名列前茅，深獲老師疼愛，熱心義務為他補習，親友鄰人也慨捐學費贈助，使其能順利完成中學與大學。學業有成，服務社會，有能力去清還回饋往昔所受的種種恩惠。不論是友鄰的、親戚的或是藥店裡施捨的。

董教授的所遇，與我相彷彿，只是沒有他幸運，遇上許多貴人。我幼小讀過的書，都能緊記，所讀的左傳、古文，全可背誦。高小畢業後三年，為改良農業，鄉間成立一所初農，全村數十人報考，僅少數考上，我的名次最高，但我家是最窮的。人說這麼會唸書的孩子不讀可惜了，家裡把種田的一頭牛賣掉了為我辦入學。沒有課本借閱同學的，考試每多超越。但無源之水，難以為繼，只維持不到一個學期便結束了。

董說：「債這個字是一個人加一個責，這表示『有的』人便有責任給『沒的』的」，這是一項深值敬頌的情操。可是每見存心賴債，縱有了亦不願歸還所欠的。

我村有位年輕人創業，鄰居主動做個互助會幫他。過不多時，他宣佈倒會，收到已標人的錢全部吃完，對那些血本無著的說，欠你們的算我的債，等下輩子再還了。

既然這麼說大家也就不討了。天道輪迴，報應不爽，說不定下輩子真的要還呢！

與大退聯通訊　二〇〇一年三月五日

善用晚年

有人將人生切割成三個階段，每一個階段約莫三十年：前者是青春，接著是中壯，最後是耄耋。

青春昂揚慷慨，活潑輕快，積極部署充實，具備無限的衝勁，奮勵向前。中壯如日正中，在社會上負重荷，擔大責，苦心焦思，發揮其智慧潛能，多采多姿，展現一幅豐富美麗畫面。耄耋步入晚期，體力日衰，齒牙搖動，病狀時現，縱或夕陽無限好，但已快將落幕。

若果這樣的三階段可以成立，前二者卻是操之於人，只有後者可以自行掌控，隨心所欲的抒發胸懷。

三十年古稱一世，是個不短的時段，如無計劃任其虛擲，真是浪費。且醫藥進步，人的壽命不斷延伸，就個人的經驗，目今雖已年逾八十，但健康狀況似勝往昔。細細思維，此當得力於起居定時，生活有序，內心靜如止水，遠離了世俗的紛擾煩囂，秉持「養心在靜，養身在動」的哲言所獲致。

我退休離校已十四年，初即到「長青學苑」去學國樂，練習一項技藝，「時過而後學，事倍功不半」，歷程艱辛，但磨練久了總有進益，常隨隊南北演奏，溢滿頗多歡愉。

「學苑」裡臥虎藏龍，人才濟濟，學外語有成，出國訪問講演；習書習畫卓然成家，每展覽必獲佳評；管弦絲竹歌謠藝術的演練，抑揚有致，動人心扉，可說有聲有色，樂而忘憂。

我認識的一位許先生，民國五年生，未受過什麼教育，老年入學，由國樂基礎班起一直反覆習讀，認真得一絲不苟，十幾年來無間寒暑。現多才多藝，精神矍鑠，身體健朗，樂觀勤快，笑口常開，令人由衷敬慕。

袁中朗：「人情必有所寄，然後能樂」，回想青壯之年，恍如過河卒子，只能勇往直前，難得喘息。退休了鎮日無事，又沒牽掛，正可放下身段，融匯眾庶，趁此大好機緣，善加運用，享受晚年的優裕人生。

興大退聯通訊　二〇〇一年六月五日

最好的禮物

幾年來台中市青溪文藝協會，每年皆出版專集名《青溪萬古流》，稿件來自一百餘人之文友，其中不少是名家，精心力作，篇篇可讀。惟因缺人詳加校對，錯漏頗多，自第二集起，初稿打字後即寄各供稿人審核，再行正式排印。五百多頁之第三本最近面世，編排妥善，一掃過去的缺失，令人喜愛。

《退休拾痕》為我退聯會印行的第一本小冊子，由構想而完成，僅時數月。我曾提議採中市文藝協會辦法，發行人會長莊作權，主編副會長洪作賓兩位教授，不擬增人煩擾，全心投入，悉力從事，年前十二月二十九日我收到五冊，由首至末，由序言而編後，一一拜讀完了，清新美好，完整無瑕。尤其封面的設計，藍天白雲，長空無涯，那個海鷗鵬程傲視，展翅萬里，予人以前途無限之感。

元旦新春，老友舊識大多寄送拜年賀卡，相互祝福問好。今年我選《退休拾痕》當作最好的禮物，將其中四本分別轉寄相別數十年敬愛的長官故人，於其空白扉頁，註入下面文字縷陳。

「與大『退休聯誼會』成立經已四年，個人蒙推忝任委員，曾任義工以獻微薄。《退聯通訊》季刊按期發印，成效頗佳，今又出版《退休拾痕》小冊以分享同仁。回憶前塵，歲月匆匆，往事一晃眼便成陳跡，真不知韶光如此之速與驟也。謹轉寄一冊祈請　鑒閱，敬頌　新禧，並祝　闔府安康。」

「中興大學退休人員聯誼會是全國各大專院校所首創，迄目前為止，仍然是獨樹一幟」，這是序言中所說的話。因此之故，《退休拾痕》這本著作，似可贈送各公立大學圖書館典藏，供人閱讀借鏡，提作參考。

興大退聯通訊　二〇〇二年二月九日

在台北過年

居住眷區數十年，每逢春節，都要忙亂好一陣子，除了大掃除外，孩子們及其家小都回來，屋窄人多，吃喝費心，夜裡每得用沙發及行軍床才可應付。雖說團圓熱鬧，但我夫妻倆總得張羅好一段日子。

今年改弦易轍，先將住處略事整頓，預貼春聯，拜祭祖先，於除夕前一天啟程到兒子家裡去。他住台北市敦化北路，是政府配發的宿舍，挨接松山機場大門。

敦化南北路是最寬廣整潔的道路，分隔島隨路延伸，種有整齊密集的樟樹，蒼翠勃茂，入目舒暢，寄生許多斑鳩，相互鳴唱。為使外國元首、貴賓來訪，機場下機踏入國門有最好印象，因而常保最佳的路況。

二月十八日是壬午年正月初七，學校舉行春節團拜，相互恭禧，共祝好運，校長顏聰教授並邀請我們退休人員春酒午宴。我先一日趕回。在台北前後八天，每早均到附近的中山國中去。那裡設有完善的運動場，有保持完好的ＰＵ跑道，分成六個圓圈，外圈周長二三〇米，內圈二〇〇米，是近鄰早起人們活動的場所。

台北市是個外來人比本地人多的都會，春節期間，多數人都到中南部去了，因此行人稀疏，過去街道難找到一個停車位，現今方便得很。供奉關聖帝君的「行天宮」就在不遠處，人們為新春祈福，群來膜拜，真是人潮洶湧，前浪後浪，水洩不通。所有經過這個路段的公車，不僅車車滿載，且上下不易。

拜天公作美，溫和晴朗，偕家人外出郊遊踏青，近處杏花林，遠赴基隆七堵，都留有我們的歡笑。到寺廟拈香拜拜，參與素食午餐，在幾日大吃大喝後清清腸胃，可說是一樁好事。

平安就好！祈望上蒼賜我們大家全年平安。

與大退聯通訊　二〇〇二年五月十五日

烏雲散盡——一次胃鏡的感懷

陪內子至台北市的一家大醫院看病，效果頗佳。她看的肝膽腸胃科。我的胃近又隱隱作怪，沒有食慾，體重減輕，肚子老是悶悶脹脹，排便不暢。日前也同請這一位主任醫師診治。

他問我的病情，我將上述陳告，他裁定翌日做個胃鏡看看再行治療。

我有早起運動的習慣，來台北市住兒子的公家宿舍，位於敦化北路距松山機場的大門不遠。因做胃鏡禁食，我沿民權東路西行，跨越復興北路、龍江路、建國北路而至靠松江路的行天宮拜拜，來回約是六公里。八時一到，搭乘公車到醫院去。

做胃鏡我原以為是看我病的主任醫師，卻換成胃腸科的總醫師，經過許久的痛苦折騰，他以照片示我，胃部上端接近食道有兩個黑窟窿，骯髒不明，須立即住院作確切檢查。護理小姐說病床下午三時才騰空。我說要住院我得回家一下，總醫師說：「不行，你若途中昏倒，誰能負責！」緊急的撥打電話，叫我媳即刻前來，陪在內邊休息。

這段時間仍不許進食，連飲水也禁止。我媳頗機敏，轉到急診處掛號，做必要的檢查外，吊上點滴，安排了一個床位躺下，待下午住進病房。

我心裡清楚，胃是老毛病，雖悶悶脹脹不舒坦，但體力精神一若往常，步走數公里不當一回事，照理說不會有太大問題的。但照這位醫師的吩咐，我已是弱不禁風的重病患，要人攙扶才可以行動。

那天是星期五，住院後准吃少量流質的東西。密密的量血壓、體溫，點滴不離手，日夜一瓶接一瓶的注射。照X光、做心電圖、超音波、驗大小便，一項一項的進行著。我暗忖，這可能碰上麻煩了，那骯髒不明的東西是毒瘤？是胃癌？不然怎會如此受看待！料定是嚴重的病症。

台中是我住家，到台北來完全為妻子治病。她的病已弄得兒媳們舉家不寧，假若我也患了絕症，叫他（她）們如何面對！焦慮不安，緊緊的繫在心中。

星期天下午，兒孫們齊來院看我。一位親戚聞知，夫妻倆也來了。

他們走後，我到護理站，請轉告主任為我作徹底的檢查，究竟是什麼病，也好心理有個準備。不久即獲回覆，翌日八時他親自再為我做一次胃鏡。

四天內做兩次同樣的手術，創痕未癒，應比第一次更加痛苦，可是剛好相反，熟練順利，時間僅半，結果只是一個輕微的潰瘍流血，開了一周的藥按時服用便可，立即出院。

烏雲散盡，虛驚一場，感懷頗多。醫師為病患設想，作最好的安排，固值敬佩，但躁急緊張，輕下判斷，難免使人擔驚受怕。就我而言，雖招來幾天罪受，也算是慶幸的了。

補註：（一）醫院：台北三軍總醫院。
（二）時間：民國91年6月21日～6月24日四天。
（三）媳：陳美滿。
（四）親戚：陳俊卿、美燕夫婦。

青年日報　二〇〇二年八月四日

啟發自尊

我住的屋子，是村中八戶連棟的邊間。因為是邊間，三面是巷，各有一道排水溝在圍繞著。自從水溝加蓋，大家在其上種花與常綠植物，青翠扶疏，隨著季節的不同，花技招展，彩色繽紛，美化了週遭環境。

屋邊栽種，最方便的是使清洗菜肴的廢水有個去處，不但免除浪費，且其中含有不少養分，趁便噴洒，有利於作物的滋長。

種花以前用盆子，其後改用小磚砌成的方形池，更適於簷前的綠化。年前我在其上種了一些辣椒、九種葛，今年加植了茄子。由於細心培育，勤加施肥澆灌，成長茁壯，迅速便開花結果。

茄子富含維生素D，可預防毛細管出血，對高血壓、高血脂與血管硬化也有好處，是台灣經常都當令的菜餚。就因這一緣故，距可食用尚需一段時日，果實瘦削短小便被人私下摘取了。那天早晨我曾看視，長得好好的，午睡起來，卻被採割精光。

辛苦企盼了好些時日，面對如此結果，內心頗為懊惱。這是一種最普通不過的蔬菜，擺滿各市場菜攤，價格便宜，竟有如此小器貪心的。

第一次長成被摘，旬日之後，第二次長出的依然故技重施，不留情的弄個乾淨。心灰之餘，幾次興起白白勞忙一場，付出毫無代價，乾脆全行剷除，滅除煩擾之念。繼想偷摘的人，或許是一種未經思考的下意識作祟，提示指正，應可收相當效果。

「朋友：這些茄子紫色斑爛，彩紅悅目，主要是觀賞。請自己尊重人格，勿行私採！」用木板塗上白漆，以黑筆書寫釘在旁邊圍牆。舉手之勞，自此之後，再也沒有摘取的了。

人的潛意識裡，都具有高貴的情操，所謂「人性本善」，稍加反省思忖即會浮現，只是每被蒙蔽掩沒難於自覺。適時地提醒引導啟發，一念之間，恍如醍醐灌頂，立竿見影，顯示其應有的作用。

與大退聯通訊　二〇〇三年四月一日

一次婚宴的感懷

為小兒子辦婚事，已經二十五年了。過了二十五年，再一次為大兒子的女兒辦歸寧，前後相較，迴然有別。

辦喜事，主要是宴客。小兒子結婚時，我離開軍中未久，客人大多是往昔的袍澤。又因居住眷村，左鄰右舍與一些同鄉，即使不太熟稔的，也相約前來，情感熱烈，筵席桌數，出乎預定之外。

由於在軍中曾多次代辦青年救國團之學生寒暑假集訓，和團中的首長認識，特別邀請其賜聯軸，以光門楣，張掛於禮堂，增添光彩，感覺十分榮寵。

朋友的熱情，長官的關愛，鄰里的相助，內心充滿了喜悅，每次回想，雖為時已久，那種溫馨仍洋溢心中。

這次孫女歸寧，請客名單開列了初稿，經過過濾增刪完成二稿。與往昔最大的不同，因歷次選舉和地方上發生了頗多關係，行政首長及民意代表，凡熱烈支持贊助由而高票當選的，都定為受邀之列。

「秀才人情紙半張」，選舉上榜的清一色送的是帳、堂、畫、軸，未發請帖的也相繼送來。琳瑯滿目，疊疊堆堆。過去認為「夠面子」的篷篳生輝，現在牆上掛成一片，幅幅挨接，別有一種昨是今非，莫可奈何的況味。

為使客人有個概括預計，發了請帖能電話連繫的，分別敦請邀約，到時務請蒞臨賞光。雖然做了這一步，有些好友親故卻當作風吹過耳，屆期毫不理睬。友情是長遠的，宴飲是一時的，事過經月，試去電敬候閒話聊聊，冀回復往時那種親切懇談，但遭聞聲掛斷。頗深的交情，卻因這次請客而沒了。

儘管有此不快，但當天有大學校長教授的致詞，多位將軍祝賀，文藝界的朋友捧場，國樂班的學長聚集，滿座歡欣，濟濟一堂，曩時不曾有過。

大兒前在高雄地區服務有年，舊日同僚相約，共乘遊覽車專程到台中參加，貴客遠道而來，更增添額外的喜氣。

讌飲進行，圓滿順利，多得力於鄰人與好友的幫忙。司儀的、招待的、連絡的、接送的、總務的等，各司其職，盡其所能，做到沒有缺點。事後我為酬謝他們的辛勞，特另請一桌，名稱是吃個便飯，將家裡藏了多年的一大瓶ＸＯ酒攜去，說得上是賓主盡歡。

筆者服任軍公職務四十餘年，拜政府社會福利政策之賜，家庭生活無虞。為第一個孫子結婚而請客，給晚輩一些體貼，本是人情之常，然就有少數人偏狹吝嗇，致斷送了多年建立不易的交好，真是意外。

年紀大了，遇親朋友好邀請，盡可能熱情參與，珍惜夕陽黃昏的難得緣份。抱著這個胸懷，只是與人的現實想像有了距離。

二十五年是四分之一世紀，上一次的不請自來與這次的「聞聲掛斷」回應，感懷頗多。個人未能參悟這些世情變化，是很好的自我訓誨。

青溪雜誌　二〇〇二年九月一日

陪妻住院的日子

內人容德仙女士，於民國九十一年八月二十日住進台北三軍總醫院。四月時，曾住過離家不遠的仁愛醫院，病因是肝硬化吐血，一周後，改為門診取藥。且因前年患過痛風症，趾掌腫脹，行動維艱，故以輪椅代步。

住三總已是第二次了。年前六月，亦在該院住了三週，進步情形令人振奮，因而再次前往。但八月三十一日通知病危，病情為：一、陳舊性肺結核並肺部破壞及二度感染；二、心包膜積水；三、肝硬化。

這三種病都是其來有自，第一種起因於產後欠補；民國三十八年大陸撤退，飛兒出生未久，就由廣州黃埔上軍船往合浦報到，卻繞道粵東汕頭、海南島接兵與搶運物資，停停走走，一個多月始達。船上有大米飯果腹就不錯了，那來補品？以致感染這富貴病，竭盡所能醫療，十多年始完全鈣化。

心包膜積水，源於心臟病，二十多年前在台中住院時發現，即至台大求診於這方面的權威大夫連文彬，最初決定動手術，後以肺部不健全而暫緩，改為門診取藥紓解。

肝硬化起因於肝炎，因感冒打針而引起。近十年前，所有醫療注射的針頭都是一用再用，不同於今日用後便丟，那時只拿開水泡泡便反覆繼續使用，由而感染了肝病。二年前檢定為C型。

有人說肝病用藥中醫較寬，藥物的選擇多，不同於西醫的只有少數，故在台中市一家最大的中醫院求診，但連續數月沒有起色，適有人贈我「嘉惠生命的秘帖」，是日本三位醫學博士研發的「五行青菜湯」，專門針對肝肺等惡疾，使用的材料是：白蘿蔔、紅蘿蔔、綠白蘿蔔葉、牛蒡根塊及少量香菇等共同宰碎，熬湯當開水喝，半年內會有意想不到的效果。

兩年多前，這「五行青菜湯」盛極一時，有風行草偃之勢，宣傳刊物由中醫院而深入民間，如果由台中乘車往台北，都會發現高速公路旁豎起高聳的廣告。我本不相信的，但禁不住幾位好友再三推介，乃依照藥方，從年前的六月中旬，隔天熬一次，照方飲喝，十二月半年期到，見不到半點效應。說不好聽的話，我們都被江湖郎中及藥商騙了。

文前所說「前年患過痛風症」即民國八十九年，當時在台中醫院，出院時購買了一台輪椅，以她不良於行，凡到診所打針，或到醫院看病，均由我推著行動。兩個孩子遠在台北、基隆工作，不論看病、住院，全是我這個年逾八旬的老人伺候。鶼鰈情深，頗覺怡然。

住三總時，白天我陪，晚上則由兒子輪流，之所以如此，固是他們要求，亦因我受不了院內過強的冷氣，即使在日間，經二、三小時後，我必須到外走走，活動一下筋骨。最後決定，請了特別護士，二十四小時照顧。

在通知病危之後，她未獲知，而求生的意志更顯堅強，藥苦難服，她甘之如飴。醫生叫她認人，她反應迅速，某某是誰，某某是我的某人，不時發出笑聲。九月四、五、六三天，並自唱：「一二三到台灣，台灣有個阿里山」，這是很久未有的事，我們心中暗喜。

由於痰多，呼吸阻滯，醫生說要從口腔插管抽痰。九月八日是星期天，老二雲萬在院中陪她。我們事先商議，因插管極端痛苦，且不能說話，決定不插。但醫生說病人呼吸困難，極氣喘，肺內缺氧，多的是二氧化碳，逐步走向昏迷死亡。面對如此情形，只好聽醫生處置，插就插吧，在動這項手術時，我們全家都守候在病房外面。

口腔插了管子，不時抽痰，流質食物由鼻孔灌進，繼續輸打血漿與營養點滴。為防口腔潰爛，九月十六日早上氣切，在頸項開了洞呼吸，拔掉管子。遠在台中、高雄的親友，聞知都來電話關切。下午前鄰居曾任憲兵司令的劉大鵬中將夫婦也奉母命來探視。

九月十九日大鵬母親李學輝女士，由高雄來長途電話與德仙說了好些話，她在躺著聽，雖不能回話，但不斷點頭，意識清楚。

九月二十一日，是中秋節，雲萬在三總餐廳請客。

她初入院，本是看胃腸肝膽科，其後這方面有所改善，反而是肺功能有問題，乃轉科診治。

十月三日，胸腔科主治醫生彭萬誠主任說，病已減輕甚多，進步不少，將來可拿掉氧氣罩，自行呼吸，可恢復講話。

十月四日下午，李學輝女士又從高雄來電，她說她為德仙念經，要德仙也可在心目中念南無阿彌陀佛、觀世音。真摯之情至為感人。

病情、親情、友情都顯得一片光明，我們不勝愉悅。十月十日，國慶日，瑞典諾貝爾文學獎評審人之一的馬悅然教授在聯合報大樓演講：「一個瑞典漢學家講中國——台灣的經驗」，我前往聽講，因麥克風關係，發音不很清晰，曾建議聯副主任陳義芝將這次講稿見報。

十月十五日這幾天以來，德仙都發燒不退，表情很是痛苦，我不只一次的對她說，你耳朵很長，應該高壽，你的兒子孝順，事業順遂，最小的孫子今年也上國立大學了，應該是很有福氣的人。說著說著，不禁淚溢睫眶。雲飛在旁說，阿媽受如此之苦，不是阿媽沒福氣，而是做兒子的沒福氣，都不自禁地哭了起來。

這幾日中，從背部抽肺積水，未發現異狀，也做了核子局部照射，盡了醫術之所能，期能出現轉機。

十月十九日我回台中榮總複診及領取服食了數年的心臟藥，定二十一日周一前去。早晨開門，瞥見萬兒開車回來，正在巷裡停車。我頗覺奇怪，他說阿媽走了，昨夜病急，他原想專程回來，載我至三總見最後一面，不料中途在苗栗接到電話，阿媽已往生，即刻送回隨伴的游子豪（孫女婿）返北，他回來告知立刻辦後事。晴天霹靂，我一時愣然。萬兒要我向祖先牌位上香，稟告上情。我情難自禁，在抽泣中木然進行。

我倆的墳地，十幾年前便在鄰近的「宏龍思親園」購好了的，人生最後總不免走上這條路。民國八十九年把墓建好，分左右兩穴，她左我右。今她先走一步，即與葬儀社商議，當天便將她運回台中殯儀館安放，設置靈堂供奉。家裡也設一個，便利鄰里親友就近捻香致奠。

「淨德寺」是本地一座大佛寺，她相與結緣甚久，寺中聞知，於十月三十一日晚七至九時來家誦經超渡，由「修賢」師父住持領導，陪同的尚有二位師父和十一位師姊。誦念的有：金剛經、阿彌陀經、大悲咒、心經、往生咒及念佛。

我寫的〈折翼單飛——悼亡妻容德仙女士〉短文，附載於訃文之末，二媳張新華執教於國立基隆商工，其同寅獲閱，咸以其文敘述誠摯，出自肺腑，情節感人，紛請影印分發校中每位同仁。

告別式擇於十一月十六日，在台中殯儀館最大的一間「懷義廳」舉行，因飛、萬兩兒的服務單位分別在高雄、基隆兩端，當日均有專車前來祭奠，輓幛、花籃、花圈、擠滿內外，頗為哀榮。我的輓聯是：「逾五十年赤手持家，卿死定難如往日；超八旬人白頭永訣，我生諒亦不多時。」

我家門前有個小院子，三十多年前植的一株桂花樹，每年秋末至春，均繁花盛開，香飄送遠。年前她種的一棵玫瑰，一年四季盛開，紫色濃香，備受讚譽。它們大約也預知她將走，前者今年開花特少，寥寥落落，聞不到香氣；後者竟乾枯死了。樹猶若此，人更痛傷。

我倆患難夫妻，南北奔馳，飄洋過海，受盡折磨，正冀共度晚年，不想你先我而去，遺我孤影獨行。我體瘦單薄，多年與藥罐為伍，恐不久也會步你後塵，共居佳城。今唯有再次的頌禱，你永遠安息！

附〈折翼單飛——悼亡妻容德仙女士〉

民國三十六年，廣東省實行新政，出缺縣長，改用考試選任。我信宜縣梁英華先生才學廣博，以第一名錄取，派赴粵北之連平縣政府任職。我與德仙追隨前往，其後發生感情，於翌年在縣政府結褵。

大陸山河變色，三十八年春，我們在廣州河南賃居，小兒雲飛出生，未及一週，即隨軍船前往合浦，海上漂流月餘始達。產後欠補，致釀成虛弱之身。抵台後，幾度遷移定居現址。德仙熱心公益，住地健民社區的候車「士清亭」，由我眷村自治會長段潤亭先生倡建，委我撰文誌其大要，刻碑以留久遠，民國八十二年完工。覆蓋面廣，可供休息活動，於落成日起，她即主動認領，打掃清潔，每早必持拿抹布擦拭座位，以便路人使用。村自治會曾多次欲頒獎表揚，她始終未受。年餘之後，以身體欠佳才停止。

三年前德仙仍是壯健之身，忽兒常發疾病，其後變成肝硬化，中西治療各自用了半年，均不見效果。八月二十日入三軍總醫院，用盡最新的醫學技術，卻回天乏術，卒於十月二十一日凌晨一時三分。我在台中榮總動過三次心臟手術，每月必到院複診，因趕回取藥，差幾小時未能見您最後一面，無盡的遺憾，其餘兒媳孫輩，隨侍在側！走時十分安詳。

我寄身軍旅，為國效命，駐戍外島比本島的時間長。您一人茹苦含辛，和樂鄰里，獨持家計，養育兩子，常做家庭副業，亦曾到製鞋廠工作。又因近住山郊，常至溪中抓蜆，採摘野菜，刻苦自持，以身作則，教諭後輩，二子皆受高等教育，均為簡任級官員。孫兒輩亦能奮力上進，無忝所生，可謂辛苦有價，理應享樂晚年，料不到遽遭危難，不僅兒孫失恃，亦使我折翼單飛，真是情何以堪！

記得民國七十七年，我倆同遊東南亞，您在泰國曼谷請回四面金佛一尊，在家供奉，位列祖先之右，早晚上香，農曆初一十五，與佛祖、觀音等誕辰，您除茹素之外，必以鮮花水果獻拜。

您法天孝祖，皈依我佛，虔誠貞純，撿廢紙破瓶，變售獻廟。春節期間也必偕兒孫媳輩到近鄰淨德寺禮佛，如此誠心向佛，必可安住天國，我竭盡衷悃，祝您永遠安息。

古今藝文季刊　二〇〇三年三月一日

多讀小說——給讀初中一年的曾孫一封信

宗森：

未寫日期的來信及相片，於五月十四日收到。你要的桌球拍，翌日專到台中市跑了一趟，購好即寄應收到了。

我一九九八年回去會敘，已過六年，中間每想再動行程，與老家人見面晤談，但年紀已大，力不從心。二〇〇〇年五月，我八十歲時，動過二次手術的心臟血管堵塞，又行復發，急送醫院開刀，在血管內裝了支架撐著。去年今年多次病發，都在危險邊緣救回，高空遠地，沒人陪伴，不敢涉險，也只好請你們見諒了。

你讀全市最好的學校，有最好的老師，「名師出高徒」，你定然有最好的收穫。回想我往昔所讀的都是在抗日戰爭時臨時成立最差的學校，比你現在有天壤之別。

我上初中時，僅半個學期便輟學，停了二年復學時讀二年級，沒有課本，沒有制服。前者向人借，他不讀時借我讀；後者是同村的先期同學穿舊了送的。功課不但未落後，由於用功努力，成績比同學都優。

《西遊記》是那個時候向圖書館借看的，如痴如醉，瘋狂入迷，日夜不停，一周全部看完，人物情節，深入腦海，回家跟人說孫悟空，大家對我無限敬佩。

中國有許多好小說，如《水滸傳》、《三國演義》，或者一些傳奇，如《封神榜》、《薛仁貴征東》、《薛丁山征西》等，課餘時間都可涉獵（台灣各界目前票選世界一百部最好的小說，結果我們的《紅樓夢》拔得頭籌）。你現在是記性最好的時候，讀過看過，終生不忘，應好好把握。

我讀中學時，各種活動都參加，排球、籃球、桌球、游泳、彈琴演唱等，生活充實愉快。愛好是靠培養的，多親近接觸，慢慢便喜歡了。

「毅鵬和他的兩個兒子和他的妻子在東莞」，你這句話應稱「毅鵬叔……毅鵬嬸」；「究竟是怎麼會事呢？」「會」應是「回」；信末寫「李宗森」，上邊應落款，也即說明你的身分。你對我是什麼身分呢？是曾孫，所以在名字之上偏傍寫小一點「曾孫」（不必寫姓），後面加註日期，即你這封信是那年那月那日寫的才算合適。

我在電話中曾談及你寫日記的問題，能每天寫最好，但至少每周要寫一次，記行事大要或者讀書心得，養成習慣，對你的國文有大幫助。

青年人做人要誠實，做事要踏實，專心一志，用心求學，定有所成，望你注意。

來信寫得很好，段落分明，用詞恰當，多行練習，必有進益。我信你收看後，帶回家與你媽及阿公看。

祝

健康進步

附：我第八本書《如坐春風》首末頁的小傳及著作資料

阿祖公

二〇〇四年五月十七日

台北十日

三月二十日舉辦中華民國第十一任正副總統選舉，我投過票後的第四天前往台北，住在東區，清明節前夕回來。雖時僅旬，春雨連綿，氣候陰冷，我仍保持運動、閱讀慣習，於間歇中外出漫步，在街道、公園中行走，到大書局中瀏覽。

「榮星公園」是正方形的大方塊，東是龍江路，南是民權東路，西是建國北路，北是五常街，面積六五、一九二平方米，繞走一圈，大約一公里多一點。公園內植有各種花樹，設游泳池、大小不同的運動場地、休息亭子。顏色不同的碎石水泥小路，縱橫交錯，草坪串連，方便市民活動。

太極拳、法輪功、八段錦等種種式式的晨間運動，在園中各據一方，隨著放播錄好的音樂韻律，擺轉旋踢，動作齊一，熱鬧於早上的八、九點前。斑鳩、鴿子、麻雀向人討吃，林樹掩影，綠草片片，不同季節的花叢按時綻放。地面清爽乾淨，真是人們的好去處。

台北大學位在本區，我的小孫女立璿，她的大學、研究所都就讀於斯。為應學生的需要，各式小吃的店子櫛此鱗次，物美價廉，我中午這一頓，十九在這些地方解決。

捷運的完成，幾分鐘一班，方便許多人的流動。公車為招顧客，提高服務品質，車箱內常保最佳狀況，駕駛先生客氣禮貌，預報到站站名，安全平穩，減少自行開車人數，促進交通流暢。執行公務為大眾服務的，由道路清潔員開始，莫不熱心敬業，盡他（她）們該當為的本分。

《百年文選家族書寫——我的父親母親》，是坊間近時出版的兩本著作，範圍為一九〇〇—二〇〇三年。一九〇〇之前，選了魯迅、林語堂、胡適、郭沫若等之作。一九〇一—一九二〇，有梁實秋、溥儀……。一九六一年之後，珠玉紛陳，顯揚了當代大家眾多經典之作的散文地圖，蔚然成林，跌宕多姿，動人心魄，代表不同時期不同環境的生活經驗，記錄了百年來一個大民族多元的生動面貌。

天下的父親、母親，千千萬萬，型式如面各有不同，然這不同中卻有共同點就是「愛」。我看後百感交迸，即購予家眾閱讀。

選歷代散文一二〇篇，依其體裁分為論辯、奏議等八類。我將少時曾讀過的略為舉列：一、論辯類：1．桐葉封弟辨，2．原毀，3．鼂錯論；二、奏議類：1．宮之奇諫假道，2．諫迎佛骨表；三、書說類：1．呂相絕秦，2．報燕惠王書，3．答蘇武書，4．與韓荊州書；四、雜記類：1．虞師晉師滅夏陽，2．捕蛇者說，3．永州八記，4．喜雨亭記，5．石鐘山記；五、傳誌類：1．蘇秦以連橫說秦，2．五柳先生傳，3．梓人傳，4．柳子厚墓誌銘；六、序跋類：1．蘭亭集序，2．春夜宴桃花園序；七、贈序類：1．送董邵南序，2．送李愿歸盤谷序；八、哀祭類：1．弔古戰場文，2．祭石曼卿文。

右列的篇章，大都見於《古文觀止》，重讀一遍，溫故知新，另有一番體會。該書李國英等編，民八十七年（一九九八）初版，供大學、學院、師院等用書。

台北是個國際都市，人物薈卒，經濟繁榮，從日到夜，熙熙攘攘不稍間歇。在街道上，在行進中，人們川流不息，各為各個活動而奔忙，流露一股欣欣向榮景象。

她是個好城市，相隔不久我會去一趟。她有世界上最高的一〇一大樓，她不斷在進步之中。

二〇〇四年四月十日

貪念作祟？

一天下午，接到一位小姐來電，她校核過我的姓名及電話號碼後，說她是郵政總局的，兩週前有一封你的掛號信，因無人收，退回去了。我問是何信？那裡寄來的？她說她也不清楚，說了一個電話號碼叫我去查問。我依言撥去，回說電路很忙，稍後再撥。我過幾分鐘撥通了，接話的也是一位小姐，她說她是國稅局，我那封信是辦退稅的。我問退什麼稅？有多少錢？她說是我民國八十五年至民國八十九年所扣的稅溢扣了，有九千八百多元要退回。

我未深入思考，想或許是每年的股票股利多扣了的。查問如何才能領到？她說要我將郵政存款手摺的帳號告她，由她撥入我帳戶。我依言而為，說好以後，她說還要我的提款卡號碼，我說我沒提款卡。她說那你銀行或農會的呢？我說也沒有，通是使用手摺辦理的。她停了一下，說那沒辦法，很是抱歉，幫不上忙，只好將你款撥歸國庫了。

在這連串的電話裡，我是在直覺的茫茫迷離中進行的。腦筋似乎慢慢清醒過來，疑惑陡生。她說那個投掛號信日期，我不曾外出，縱使當時適巧不在，照過去的慣例，郵局會通知往領，不可能一下子便逕行退回。其次我是一個退休公務員，購存有幾張股票與少數存款，歷來與稅不發生關係，何以有此一著？越想越覺不可思議，打電話向一位老友請教。他聽過我全盤概述後，他說你那個郵局的存款完蛋了，定必被提領清光，應立即向附近的郵局聲請止付。

掛上電話，時近下午下班時間，迅速騎車到最近的郵局去，而郵局的鐵門已拉下，我如熱鍋上的螞蟻，急得跺腳，怎麼辦呢！彷徨無奈中，剛好有一代辦所送包裹袋前來，門半拉開，我戴著頭盔低身直鑽進去，裡頭人不明就裡，大聲喝問做什麼的？我將我的存摺舉在手上，報告帳號，請他（她）們轉知刻即止付，我的款不要被人領光了。

他們看我是一個老頭，做不出越軌的行為，明白了原委之後，回說「免驚」，手摺存款，印章在手，沒有人能領走款項的。並將郵政二十四小時的「〇八〇〇」電話告我，囑我查證。我不放心，第二天仍到另一郵局刷驗，果然是虛驚一場。

詐騙集團，用盡各種伎倆，騙人錢財，媒體不時報導，有不少的知識份子也會上鉤。何以致此？並不是人所稱的貪念作祟，實是精神上處於一種不設防惘然狀態下，不加思慮，錢原是我的，扣多了退回天經地義，不會想到其他。備有金融機構的各種卡片，方便隨時都可取款的，恍恍惚惚中依人指示操作，轉了幾轉，錢便飛到別人的袋了。

跋：拐搶詐騙，槍殺勒贖，無日無之，治安之惡化，社會之不靖，有如是者。儘管此種訊息媒體報導不斷，為提高大眾警覺，謹不嫌煩贅縷陳。

與大退聯通訊　二〇〇四年九月一日

熱忱的服務

「近來一些刊物，歡迎踴躍投稿，惟聲明：不退稿；投稿者應自存底稿，或亦可以原稿複印郵寄。」這是我寫〈投稿生涯原是夢〉刊於青副民國七十七年十二月二十一日短文的起首語。

喜愛塗鴉的人，都會有相同的經驗，當一件好不容易撰成的文稿寄了出去，當然希望越快見刊越好，然因不退稿，究竟能否被採用，完全是個未知數，那種牽腸掛肚，相信愛好此道的人，大都有此體會。

拙文見報未久，有位同是爬格子的朋友，寫一篇〈投稿生涯不是夢〉的宏文回應。他意氣風發，文思泉湧，常見於多種刊物。且跨足廣播電視，使人不勝羨慕。不知是否個人孤陋寡聞，有好一段時間不見他露臉了。

民國五十一年我隨軍進戍馬祖，在南竿住了一年，移防北竿。戰地平靜，不時將所見、所思、所感，集而為文，除了當地的《馬祖日報》外，也攻向台灣本島的各大報。最初錄用我稿件的，是那時的《青年戰士報》，且該報設有不少專欄，也是我進軍的目標。回首前塵，歲月匆匆，四十個寒暑，不經覺便已過去。

《永遠的八二三》，是民國八十七年「八二三砲戰」四十周年《青年日報》徵稿而成的紀念文集。我是當時一個步兵營的輔導長，防守第一線的金東山后地區，與一群砲陣地近鄰，是共軍砲擊最多地段，由開始而至終了，全程參與，具有確切真實的親身體驗。

中共紀念毛澤東百年誕辰，一九九三年十二月出版《毛澤東全傳》，有「砲打金門，解放軍得心應手」的描述，完全與事實不符。另一本「金門之戰」，是中共國防大學中校教員徐焰寫的，追溯那段歷史也多失實。前者光揀好的說，後者對不好的輕描淡寫，一筆帶過。我揭其虛偽，寫〈從中共觀點，看台海戰役〉應徵，被錄採用，排印於專集的第三篇。

民國八十八年十月，是古寧頭戰役勝利五十周年，《青年日報》再以「台海第一戰」徵文，我翻閱戰史，並承一位親身參與這一場戰役的鄰居趙文慎先生轉述，寫成〈旋乾轉坤，共同珍惜〉應徵，被錄用排印於專集的第三章的「實戰篇」。

這兩本紀念專著，是近年青年副刊出版的文集，行銷以來，備受讚譽。編者體貼入微，書成即分別郵寄應徵入選者人各一本。看了自己的，旁讀他人的，同一主題，全面觀照，十分窩心。

投稿青副附回郵信封，不用即退，用了將當日刊出的報頁回贈，歷久不變，放眼國內許多刊物，未之曾有。此種設想周到的熱誠服務，令人感佩不已。

青年日報　二〇〇二年九月十七日

附：本文所敘，與五十七頁〈獎事憶往〉部份重疊，請讀者鑒諒。

為德不卒

「卒」，終也；竟也。「為德不卒」，做好事未完成（終），幫人忙未竟功，半途而廢，與不做（不幫忙）無異。因而（為德）一定要圓滿，不要有遺憾。

「博愛之謂仁，行而宜之之謂義，由是而之矣之謂道，足乎己無待乎外求之謂德。」這是唐代韓昌黎（愈）公〈原道〉一文中開頭的四句話。

「仁、義、道、德」，是儒家學說中最重要的修為條目，尤其最後的「德」字。它承受「仁」、「義」、「道」之路而來，歸結終極的行為。這「終極」行為不做，不奉行、不踐履，「仁」、「義」、「道」全是空假的。

「德」既是源於「仁、義、道」，且存在於個人的本身的「無待乎外求」，也即發於內心與生俱來，人生下來便有的，所以儒家的一貫主張，人性是「善」的。

吾人平日行為，要「為德卒」，不要「為德不卒」，因為「存好心、做好事、說好話、行善行」，都應朝乾夕惕，守之勿忘。

另「樹德務滋，除惡務盡」，也是與「德」有關的話。「滋」是長遠生生不息之意，言做好事要長遠，要圓滿，不斷的做下去，不可只顧眼前。

為德的「為」是作為，樹德的「樹」是指「種植」、「建設」，也是作為，意思是相通的。

「惡」就是不好的。「除惡」是把不好的除盡，推而廣之，不管是生活習尚或與人相處，都要做的徹底，這才是「盡」。

註：芳鄰李守身先生，喜研國學與唱民謠歌詠，尤愛成語佳句，我們都有早晚野外步行運動習慣，曾就本題兩次下問探討，謹綴　請教。

二〇〇五年一月二十日

趕搭臥鋪夜快車

記一次返鄉度歲之旅

二〇〇五年二月八日，是農曆甲申猴年除夕，九日為乙酉雞年的正月初一新春，我偕同台灣的孫兒回大陸故鄉信宜度歲。

二月七日起程，當日午後經香港至湛江，老家人開車來機場迎接。

除夕夜近凌晨，忽而大雨聲直擊耳鼓，雷鳴此起彼落，音波在屋子裡迴盪。夢中驚醒起來察看，不像是下雨的樣子，用手伸出屋外探試也觸不到水。住在樓上外看，「碰碰」雷響來自四面八方，閃電在黑夜中不斷顯現。定神細加觀察，原來時入新歲，所有村民都鳴炮慶祝，大雨聲是密密層層的爆竹，雷鳴是連續放的衝天炮。

老家是一個盆地，幾條大村聚集，過年是都不缺席的大事，每一家戶齊一動作，午夜裡山鳴谷應，產生了靜寂中的互震效果。早上在村中走了一趟，家家戶戶貼大紅春聯，大紅的爆竹渣鋪滿庭院。對聯不用簡體字，門窗紅、地面紅、庭院紅，紅成一片。

信宜位於廣東省西南，七成多是山地，是「八山一水一分田」的山區，屬於省五十個山區縣市之一，也是省的重要僑鄉。新年到市區，玉都公園、西江溫泉等多個風景點巡禮，到處人擠著人。有一種三輪車改成的交通工具，可坐六至八人，當地人叫「三腳鷄」，在市街各處招客，因是電動，速度雖不頂快，但價低實惠，也滿足了不少人的需求。

我李姓在當地算是大族，排歲論長，我竟已成族老。過去全是務農，近年有不少外出營生的，生活普遍獲得改善。惟是祖宗祠堂，文革時遭受毀損，多年失修，傾圮破敗，我有意捐些款重修。這是全族的大事，須徵求大家的意見，年初三的二月十一日，我設宴招請相關人員共同商議，獲得熱烈的回應。有人發動募捐，也有當場解囊響應的，規劃一年內重建完成。

預定行程是八天，十四日循原路回來，應是十六時湛江飛香港的中國南方航空公司班機。久久未見著陸，同在那裡等候的人，個個著急，接近十八時，公司說因當地霧大，飛機無法下降，已改在海口著陸。乘客如需晚餐，公司可代訂，需住旅館，也可照辦。有人問這些費用應由誰出？答是旅客自理。再問這些責不在旅客，依照香港、台灣的慣例，統應由公司負擔才是，回以辦不到，並說要到四天後的星期五，始可能再有飛機來。

大家吵作一團，紛紛指責公司，我更大聲的質問，也得不到結果。最後恩施額外，答應以他們的巴士，載我們往長途客運總站，可乘汽車往深圳羅湖出關。明知不合理，但在別人的地頭，只得乖乖接受。

我的大孫女在一家聲譽卓著的會計公司上班，春節假期至十三日，為因應飛機航次，她請假了一天，今日不能返去，勢必再次拖延，急得哭了起來。我見她如此敬業，這麼的有責任心，感動無已，勸說只要能到香港，即捨原來約定的班機，以最快的速度回去。

到客運總站已二十時，見我們這些急如熱鍋上螞蟻的二十餘名台灣客，像是最易喊價的對象，終於以高於平時一倍價錢僱到長途臥鋪夜巴士，才算搞定。

我們因遠途趕車，早餐於上午十時用過即未曾進吃，這時都感飢腸轆轆，於車站的萬頭鑽動中好不容易找到一間小吃店，匆急中填了一下肚子。大陸的春運人潮真是嚇人，到處人山人海，密不透風，我們手牽著手，側身鑽闖，於艱難的縫隙中始找出路子。

夜車上的臥鋪分成三列，上下兩層，緊靠相接，只能躺下，腳伸不直。疲累了一天，我胡亂中睡著了一下，被大腿密密的抽筋痛醒，只好在小走道中「站起蹲下，蹲下站起」交替，抒解那種痠楚難受。

隨車的有三人，兩個輪流開車，一個公關（車長），在途中曾兩次被截，要搜查全車，公關說盡好話，低聲下氣，不著痕跡的送了好處，始獲放行。

搭這臥鋪夜快車我們都是第一次。還算幸運，在湛江二十二時發車，翌晨，也即十五日的早上五時，抵達近七百公里的羅湖。

出關之後，不計代價，火車、客車、計程車（的士）交互搭乘，以最快的速度直達機場，趕上十一時二十五分的長榮航空，中午過後，慶幸的平安回來。

二〇〇五年二月二十一日

六十年的回顧

回鄉度歲記述之二

一九四五年三月，我在老家縣府的一個農林單位服務。到職半年，因縣長易人，我雖是出身農校，學有專業，然「一朝天子一朝臣」，那個亂世末代，也在換免之列。

在那個時候，在我那個鄉間，高中學歷，全縣中數不到幾個。先一年十月，我參加了軍校的招考，錄取了，但因戰事的影響無法前往，如今甫任職數月，工作又被撤掉，不知投向何方。適有一位新當團長的鄰村上校回鄉省親，父親找了多方關係，跟他出來從軍。

記得是這年的四月四日，於我出發時父親趕來送行，我對他說，如有人問我幹什麼，你可答說是「陸軍少尉」。他愣了一下：「不可能吧！」我心裡忖想，以我的學歷能力，就當時的軍中素質，說：「應可以的。」

其時對日抗戰已八個年頭，接近勝利，也是最艱苦的時刻。厠身軍旅，歷盡苦辛，備受磨練，一步一腳印，沒有僥倖，初想實幼稚天真。

這一年是民國三十四年，歲次乙酉，今年是二〇〇五年的民國九十四年，也是乙酉。六十年一輪轉，晃眼一甲子過去，飄流異地，二月間第一次回鄉過農曆新年，抱著興奮期待的心情上路。

按地理位置，我老家廣東省信宜縣，在北回歸線之南。就台灣言，她是恒春與鵝鑾鼻之間，終年無嚴寒，所以只帶了一件夾克。除夕拜祖，行大禮三跪九叩，初一開年，到寺廟，土地公上香。村中家戶，人來人往，少年時的景象，一幕幕的在腦中顯現。

八年前的七月，曾偕此間的兒子雲萬與孫女立蘭回去，雲鴻所蓋新屋，灌漿剛到二樓。此次見完成了的房子占地一畝多。一樓：前棟、左右各三房、中廳，後棟、左右各四房、中廳；二樓：前棟六房、中廳，後棟八房、中廳；三樓：左右四大房，晒地，天井透空。每層的上下走道，廚厠與衛生間配置完善。正屋外有旁屋，方便飼養禽畜及堆放各種農具。屋外有圍牆、院落，正前有更大的晒地，供作迴旋活動之所。依堪輿風水，設一個莊正的大門。

新年我請族中人宴飲，十幾桌擺在屋子裡，鬆鬆疏疏的。我青壯離家，鴻兒當時只二歲，音訊中斷數十年，對他未曾半點照護。他苦學出身，辛勞一輩子，做水泥匠從事建築，為別人蓋了不少房子。他自己用了全力蓋的這一幢，看是我村中最好的。只是去年的九月八日，六十二歲英年早逝，留下這給他的兩個兒子。這若是命，實亦天地不仁。

年初二是二月十日，用姪孫登華的車偕同同行孫輩至市裡，參觀教育城中學。她有小學、初中、高中，在一個山頭上闢建完成，氣象宏偉，占地廣闊，足供一個大學城而有餘。據謂她集全市最好的教師，收取入學考最好成績的學生，有不少外縣市的人來讀。小學中有貴族般的設施，繳得起費，入學後有專人輔導，生活與教育，一切的一切，毋須家長操心。

二月十二日的年初四，再往市街逛。這次是包車，距離十五公里單程人幣五〇元。本地產的玉礦，是全國的唯一的「南方碧玉」，雕製的工藝美術品譽滿中外，小芝、小璿、小凱等三人都分別買了一些。我本擬購一套玉茶具送雲飛，他倆女都反對，換成玉的彌勒佛。小玉兔則送雲萬。

在我孩提時，故鄉普遍缺糧，三往四月，青黃不接，每餓肚子，如今白米吃不完。十五年前的民國八十年，我出版第六本書《庭院長青》，其中一輯「探親抒見」，將那時家鄉的情狀作了概括的陳述，今昔相比進步不可道里計。

經濟起飛，帶動了各方面的向前，一九九五年信宜撤縣改市。她原來的城在鎮隆，因偏邊陲，遷至中心點的東鎮現址，高樓林立，街道整潔。相隔六十年，回鄉度新歲，社會的突飛猛進，顯現了一幅欣欣向榮的景象。

二〇〇五年三月六日

我的留名夢

我的童年入學，就現在來說，是古早久遠的事了。那時鄉村只成立高等小學，沒有初小，進高小要先讀幾年塾館的。塾館的開設，需看入學的人數，能否湊錢或足夠的稻穀聘請到一位坐館執教的塾師而定。

我九歲始上學，先從三字的《三字經》，四字的《千字文》，五字的《天子重賢豪》教起。再而大學中庸，再而一些時文與古典文學。

「君子疾歿世而名不顯」，人不能與草木同腐的沒沒無聞，在塾館裡是老師長時叮嚀。上中學後讀典論論文：「文章，乃經國之大業，不朽之盛事」，衷心仰慕。歷史上風光顯赫無比，許多帝王將相，不旋踵灰飛煙滅，但寫一首不到三十字的短句：「勸君莫惜金縷衣，勸君惜取少年時……」（杜秋娘）卻流傳千古，因而對「大業、不朽」無限嚮往。

在學校時參加作文比賽，到社會服務常向報刊投稿。秉持「得獎是幸運，落選是磨練」的心態面對各種徵文，每每上榜。印發過多本散文文集，發售外並贈有關的圖書館（含大陸故鄉學校圖書館），頗獲不錯的讚譽。

留名下去，夢寐求之，能否成願，唯待時間考驗了。

附：聯合報副刊及聯合新聞網辦「五百字」的「我的〇〇〇」徵文，撰此應徵。

二〇〇一年三月

第四輯

附錄

虞美人

郭琨

虞美人

讀老戰友李兄榮炎文集有感

榮炎戰友多才幹　二兵晉中校
高普特考均高中　作戰政務詩書樂生涯
一生行事多規劃　琴藝頂呱呱
見解精到立論佳　文章簡練暢達實且華

郭琨敬賀

榮炎如仙

榮炎道兄八秩華誕誌慶

榮植文苑筆成茗
炎發芳草碧連天
如生春風心神爽
仙人福樂壽永年

秦貴修賀

秦貴修

庚星煥彩、松柏回春

許慈書

榮炎編審仰之左右：承惠 大作，拜讀之，如見其人，竟不自甘藏拙，冠首綴成俚言，藉申賀悃，兼抒感懷，幸 教正之！

祝嘏惠書欽筆鋒，
榮登龍門賦西風。
炎涼世態月旦論，
兄弟親情分離深。
八年抗戰躬身赴，
秩序邦風繫念中。
嵩山卓立瞻北嶽，
壽臻期頤頌仁翁！

恭祝
庚星煥彩，松柏回春！

仰弟 許慈書 敬賀 于隆年五月七日

藝文饗宴

台中市青溪新文藝學會績優會員李榮炎先生，原籍廣東信宜縣人，民國十年生，政戰學校召訓班第六期畢業。一九六八年通過考選部高等「教育行政」檢定考試及格。一九七二年再通過乙等「稅務行政」特考及格。服務軍中二十七年，以行伍士兵升至陸軍中校。在國立中興大學工作十八年，由臨時雇員晉升至簡任級編審。平日喜寫作，獲獎與入選徵文，相繼刊載中央日報、聯合報、中國時報、台灣日報、台灣省黨部、中興大學、國魂月刊、經濟日報及台灣省彰化社教館及台灣省文藝作家協會等各刊物。

曾著作出版文集有：千層浪、時光倒流、航行的指針、回顧與前瞻、攻城、庭院長青、莫讓流光虛度等各著作。

高齡已八十歲的青溪文藝作家李榮炎先生，於五月十三日上午假台中市國家英雄館蓮園，舉行「如坐春風」新書發表會。台中市青溪文藝學會理事長王映湘偕康總幹事連袂前往祝賀，並敬贈「青溪萬古流」第二集十六冊，及大陸「桂林山水甲天下」國畫二幅。此次應邀參與盛會的，有台灣省文藝作家協會理事長戴瑞坤、中興大學教授洪作賓、台中縣議員叢樹林、黃安竹常委李守身、會長王建功。本會常務理事秦貴修伉儷，鄒統紳老師、亞熾等，均一致推崇李榮炎先生近二十年在教育（中興大學）服務之奉獻成就，及半個世紀在文壇辛勤耕耘，收穫豐碩，精神令人不勝敬佩！李榮炎先生，此次全家福在會場熱誠接待嘉賓，喜氣洋溢！各文友們均享用豐盛的藝文大宴。

台中市清溪李年生　二〇〇〇年七月號

退而不休

退休編審李榮炎先生，退而不休，他以寫作為樂，現已出版八冊散文集，每冊十餘萬字，可說著作等身，李先生經常參加各界徵文，曾獲得聯合、中時、中央、台灣等報社、教育廳、建設廳、台灣省黨部等機構徵文獎，有的還榮膺頭獎，這是李先生個人的榮譽及成就，同仁等也為之雀躍，希望他繼續努力為生命累積更多的碩果。

中興大學退聯通訊二十三期洪作賓
二〇〇四年六月一日

返鄉

李立璿

阿公很久沒回大陸的家鄉看望親人了，對岸的家鄉，是阿公從小出生、長大、求學，直到跟著國民政府撤退來台，才離開的地方。那個小村子直到現在，都還有百餘戶姓李的人家，阿公在家排行老二，已經是村子裡最年長的長者了。趁著今年的年假特別長，早已盤算著要回去信宜一趟，以解思鄉之情，這次旅程，雖然團員只有少少的四個人，但也可以說是浩浩蕩蕩了。早在出發前的許久許久，大家就忙碌的不得了，叔叔負責打點阿公與堂弟小凱的行囊，爸媽則負責我跟大姊的，其實短短的八天之旅不需要太多的行李啊，但是為什麼會那麼忙碌呢？因為，除了阿公，其他的三個人都是第一次回鄉，初次見面的伴手禮當然是少不了的囉。老爸是個緊張大師，總是左一句又一句的叮嚀我們三個：「要好好照顧阿公！」深怕我們會把人給帶丟了一樣，至於我自己，對於這趟大陸行，心裡其實是七上八下的緊張著，雖然說是看望親人，但是卻是一輩子沒有見過面的陌生，一直懷著忐忑的心情，直到踏上了湛江的土地。

來機場接機的人裡面，大哥是大伯的大兒子，哈哈，果然長的很有我們一家人的感覺，在這段待在老家的日子中，大哥是最最親切的，我們台灣人大大小小的習慣，都會打點的好好的，在他們眼裡莫名其妙的要求，也會很快的被滿足，讓我發現，其實回鄉沒有想像中的那麼不好嘛！

在大陸過新年耶，相信這種經驗不是人人都有的吧！當地的習慣是要把屋裡所有房間的燈開亮，而且要從除夕一直開到大年初二，所以到了晚上，從陽台望出去，黑漆漆的一片黑裡，透亮出遠處房子的光亮，再對照著過新年放的煙花，雖是夜晚，風景竟是蠻好看的，而且鞭炮從除夕晚上，一路放啊放啊的直到初二，跟台灣相比，很有年節的味道，更是到處有濃濃的年味，連大年初二到信宜市中心逛大街的時候，在超市買東西還可以拿到一個小紅包沾喜氣哩！

在這邊講一個小插曲吧，我們知道了這個開燈的習俗之後，很注意的要在房間裡留盞燈，但是當我眼尖的以為另一間房的燈泡壞了，開了卻沒亮時，想走過去把他關了再開，卻糟糕的發現，連旁邊的小燈不知怎麼的再也打不開了，我急著請大姊和堂弟偷偷來商量，但是，的確無法可想，只好假裝什麼都不知道，在餐桌上隨口問問大哥說，那個燈關掉了後怎麼辦呢？大哥回答說：「因為鎮上的供電量不足，所以燈一旦在晚上關掉了之後，整個晚上就再也開不起來了。」我一聽心裡想著完蛋了，那這個燈不就沒得亮了嗎？想到這，三個人面面相覷，只好裝作什麼都不知道的繼續扒飯，到了第二天晚上，就什麼什麼燈開關都不敢動了。

在連著幾天的尋根與新鮮之後，終於到了要回家的時候，拖著滿滿的行李箱與一肚子不捨卻又想家的心情，踏上了前往另一段難忘之旅的開始。

湛江的機場很特別，國內機場比國際機場來的氣派有規模，而我們的目的則算是國際航線的香港，原本不甚晴朗的天氣，在下午更是開始起了大霧，不多遠的房子有都被霧給掩蓋了，更別說要給飛機起降，讓整個候機室的人從三點等到了七點之後，不怎麼負責的航空公司，才給了兩個替代的方法給我們選，一個是明天早上轉機到廣州，再從廣州飛香港，另一個是等當地四天後的另一班飛機，最糟糕的是，當他宣布完之後，隔天早上到廣州的班機已經沒有位子了，這種不負責任的情形，讓年假放完急著上班的大姊給急壞了，然整個候機室裡當也是響起了一片爭吵不休的聲音，盤算著不知該怎麼辦的我們，找了一群也是要回台灣的旅客，商量著如何坐夜車到深圳，能趕在清早出關到香港，補上這個已經落後太多的行程，我們一行十多個人，拎著笨重的行李到了車站才發現，這是另一個苦難的開始。

對大陸交通有些熟悉的人可能知道，大陸在春節的時候，各地的返鄉人潮與放完假要返回工作崗位的人潮，是多到很驚人的。這段來來往往的人潮與交通稱為春運，剛好我們遇到的就是這個，整個湛江車站塞滿了人，連哪裡是往深圳的候車處都摸不著頭，更別說是買票了。還好，有錢賺的事大家都會搶著做，雖然我們還是當了呆胞，多花了點錢坐車，雖然我們都是到了十點才吃了六點就該吃的晚餐，雖然那臥舖車的乾淨標準完全不能跟台灣的任何一種交通工具相比，不過至少大家還是平平安安的坐在同一班臥舖車上，往回家的路前進。

從深圳出關到達了香港，感覺就像是從冗長的隧道裡看到了陽光一般，同甘共苦的一行人也各自四散了，在機場我拿著四本護照等著補位回家，大家也利用等候的時間，好好的補償了一下自己的腸胃，最後，我們花了一大把錢，風光的坐了頭等艙回家，在家巷口看到媽媽的迎接，深深的擁抱讓我們大家都流下了眼淚，我，終於回家了。

二〇〇五年三月

尋根之旅

李易儒

初時印象

在一連串等待，轉機之後，我們到達了湛江機場，當飛機重重落地，那種急停式的煞「機」方式，讓我心頭一震，揭開了這次大陸行的序幕。

沿路上的景致其實與中台灣相差不大，一樣是芭蕉樹等的南國植物，不過視野放大二十倍。當然這裡的交通也是讓人印象深刻，只能用「亂中有序」來形容，又像是分子在空間中運動，彼此互動卻不會相碰。或許真的是距離遙遠吧！從湛江回到老家的路程，我都感覺到車輪是騰空的，卻也花了近三個鐘頭的時間才到。

老家的人都很純樸而親切，準備了豐盛的菜餚迎接我們，菜好像鹹了一點，正像老家人濃濃的人情味。我還在喝湯時，喝到了從前阿婆煮湯的味道，令人回味無窮。

年節即景

我們到的第二天就是除夕，主要的活動就是去拜謁我們李家的宗祠，這也是阿公小時候念私塾的地方，阿公對他有深深的情感。聽阿公和當地老一輩的說，祠堂從前是很漂亮的，不過在文革時期都被破壞掉了。我望著只剩下一片燻的漆黑的牆壁，想像著昔日的榮景，難怪阿公要不勝欷噓，此番回來，就是要集合宗族，自願出錢來重修祠堂。

回到老家祭拜祖先，又陪著阿公繞了以前的「李家堡」一圈，原來在民國初年，地方很亂，有很多的土匪，所以村上都築土牆自衛，形成堡壘方式，令我覺得十分特別。

除夕年夜飯，我們發了給小孩子們的紅包，嗯！長大的感覺真好，小孩子們都很開心，剛開始溝通不良造成的羞澀感也一掃而空。吃完飯我還跟他們一起放爆竹和踢球。

望著滿天的煙火，依我的瞭解，我覺得這裡的人民雖然過著純樸的生活，但是卻樂意接受外來的事物，一種巨大的改變力量正在醞釀，等到時機成熟時，我想就是中國人的時代來臨了，如同睡師醒來發出第一聲的怒吼，任誰再也不能忽視他的存在，侵犯她的尊嚴。

學校印象

大年初一，我們去看了阿公的母校——西江中學，和有名的西江溫泉。

西江中學正在大興土木，看起來似乎在蓋新的校舍，本來要從大門進去的，不過因為沒看到人，就走側門。有個老工友來應門，說明來意，因見阿公是老校友，就讓我們一行人進入。整個校區混著老師和遠道生的宿舍，說是學校，倒像綜合住宅區。校園中央的公佈欄上，有些英文的文章，程度上還蠻有水準，顯示英文教育也是他們注重的項目之一。

西江溫泉就在西江中學過了一條「危」橋之後看到了，由於新春假期，沿路都是人，十分熱鬧，我們看了風景，還聽了野台演奏才回家。（後來我找了人較少的一天，去體驗泡溫泉的滋味，裡面有瀑布池、牛奶池、藥草池，可以按摩、游泳，感覺相當不錯。）

我們還去了信宜市，參觀以前阿公唸書的信宜一中，一中原是農校，現在是信宜市第一級的高中，所有的菁英都在這邊上課。我們也參觀了教育城，位在一處剷平的山丘上，包含了育兒園、小學、初中、高中，是個佔地非常大的教育機構，在我感覺上，好像只有台大的面積可以比美吧！可見重視教育之一斑。

生活大要

平實的早餐有廣式粽、麵線，午、晚餐都是自家種的菜蔬和自個兒養的雞鴨，開始挺新鮮的，但吃了幾天就有些膩了，阿公和大哥帶我們到北界鎮時，阿公還特別在市場下車買了豬肉，從沒覺得白切豬肉有那麼好吃的！另外一餐就是阿公辦桌請吃飯的那一次，我吃到道地的廣式燒鴨、梅干扣肉、咕咾肉，豬腳……等，除了大快朵頤之外，來了好多親朋好友，是幾天下來最快樂的一餐。

我們還去了城理的賣場買東西，一般來說還真繁榮、富裕。信宜產玉出名，還有土產山楂，我居然吃到了像辣蘿蔔一樣的山楂，頗具風味。逛書局時，給老爸買了本大陸的全國道路地圖，也給鄉下家裡的小朋友們買了跳繩和球。

總覺得鄉下孩子沒什麼娛樂，沒有所謂的快樂童年。我們曾陪小孩們玩遊戲，大家都笑得好開心。可是不知道為什麼，我卻覺得有些難過，同樣是孩子，只因為出生在不同的環境中，能快快樂樂的成長變成是件不容易的事。面對各種不同的壓力和挑戰，愉快的童年似乎越來越遠。真希望他們都能好好讀書，脫離因知識不足造成的束縛，而能擁有宏觀的視野。

探險之旅

結束八天返鄉探親之旅，我以為像「教父」一片中的愛爾帕西諾一樣，回到了義大利老家是避風頭、純度假。沒想到回程遇到大霧，飛機無從起降，竟取消了原定班機。因姊姊要趕回上班，我們必須要自己想辦法到香港搭機返台，這時我突然想起老媽臨行前鼓勵我的話——就把這次當成一個探險的旅程，你不能預知將會發生什麼事，有什麼樣的收穫。

我們當下決定與同班機的十一人順著大陸春運的人潮，來到湛江車站。包下開往深圳的臥鋪車，人群中，頗有「逃難」的感覺。總共躺了七個半鐘頭，六百多公里，橫越了大半個廣東省。原本臥鋪不太大，空氣品質不甚佳，翻來覆去都睡不著。後來在車子搖搖晃晃之中，還是睡著了，顯然我抓到旅行的訣竅——隨遇而安吧！其實比較起來，我最擔心阿公的身體，可禁得起舟車勞頓。想想阿公的身體還是很健康啊！

我們由深圳車站過海關，再由羅湖乘電車到上水轉「的士」到赤鱲角機場，補上機位，回到台灣。回顧一路行來略帶驚險的返鄉探親之旅，深刻感到：沒有岩石的阻礙，怎能激起美麗的浪花？所有的一切都給我留下了難忘的回憶。

二〇〇五年三月

國家圖書館出版品預行編目

話說從前 / 李榮炎著. -- 一版. -- 臺北市 :
秀威資訊科技, 2005[民 94]
面 ; 公分. -- (語言文學 ; PG0066)
ISBN 978-986-7263-55-1(平裝)

855 94013693

語言文學類 PG0066

話說從前

作　　者 / 李榮炎
發 行 人 / 宋政坤
執行編輯 / 林秉慧
圖文排版 / 劉逸倩
封面設計 / 莊芯媚
數位轉譯 / 徐真玉　沈裕閔
圖書銷售 / 林怡君
法律顧問 / 毛國樑　律師
出版印製 / 秀威資訊科技股份有限公司
台北市內湖區瑞光路 583 巷 25 號 1 樓
電話：02-2657-9211　傳真：02-2657-9106
E-mail：service@showwe.com.tw
經 銷 商 / 紅螞蟻圖書有限公司
台北市內湖區舊宗路二段 121 巷 28、32 號 4 樓
電話：02-2795-3656　傳真：02-2795-4100
http://www.e-redant.com

2005 年 8 月 BOD 一版
定價：300 元

讀　者　回　函　卡

感謝您購買本書，為提升服務品質，煩請填寫以下問卷，收到您的寶貴意見後，我們會仔細收藏記錄並回贈紀念品，謝謝！

1.您購買的書名：____________________________

2.您從何得知本書的消息？

□網路書店　□部落格　□資料庫搜尋　□書訊　□電子報　□書店

□平面媒體　□ 朋友推薦　□網站推薦　□其他__________

3.您對本書的評價：(請填代號　1.非常滿意 2.滿意 3.尚可 4.再改進)

封面設計____　版面編排____　內容____　文/譯筆____　價格____

4.讀完書後您覺得：

□很有收獲　□有收獲　□收獲不多　□沒收獲

5.您會推薦本書給朋友嗎？

□會　□不會，為什麼？____________________________________

6.其他寶貴的意見：____

____

____

____

讀者基本資料

姓名：____________________　年齡：______　性別：□女　□男

聯絡電話：_________________　E-mail：____________________

地址：____

學歷：□高中(含)以下　□高中　□專科學校　□大學

□研究所(含)以上　□其他_______________

職業：□製造業　□金融業　□資訊業　□軍警　□傳播業　□自由業

□服務業　□公務員　□教職　□學生　□其他__________

請貼
郵票

To：114

台北市內湖區瑞光路 583 巷 25 號 1 樓

秀威資訊科技股份有限公司　　收

寄件人姓名：

寄件人地址：□□□

(請沿線對摺寄回,謝謝!)

秀威與 BOD

BOD（Books On Demand）是數位出版的大趨勢，秀威資訊率先運用 POD 數位印刷設備來生產書籍，並提供作者全程數位出版服務，致使書籍產銷零庫存，知識傳承不絕版，目前已開闢以下書系：

一、BOD 學術著作—專業論述的閱讀延伸
二、BOD 個人著作—分享生命的心路歷程
三、BOD 旅遊著作—個人深度旅遊文學創作
四、BOD 大陸學者—大陸專業學者學術出版
五、POD 獨家經銷—數位產製的代發行書籍

BOD 秀威網路書店：www.showwe.com.tw
政府出版品網路書店：www.*gov*books.com.tw

永不絕版的故事・自己寫・永不休止的音符・自己唱